吴新财·著

吉林文史出版社

图书在版编目(CIP)数据

诗意随处闪耀/吴新财著. —长春:吉林文史出版社,2019.3

ISBN 978-7-5472-5901-6

Ⅰ. ①诗… Ⅱ. ①吴… Ⅲ. ①诗歌评论—中国—当代 Ⅳ. ①I207.22

中国版本图书馆 CIP 数据核字(2019)第 022212 号

SHIYI SUICHU SHANYAO

诗意随处闪耀

著　　者: 吴新财
责任编辑: 任明雪
装帧设计: 金麦人文化传媒工作室
出版发行: 吉林文史出版社
地　　址: 吉林省长春市南关区人民大街 4646 号　邮编 130021
网　　址: www. jlws. com. cn
发行电话: 0431-86037501　86037621
印　　刷: 青岛新华出版照排有限公司
开　　本: 170mm×240mm　1/16
字　　数: 240 千字
印　　张: 14
版　　次: 2019 年 3 月第 1 版
印　　次: 2019 年 3 月第 1 次印刷
标准书号: ISBN 978-7-5472-5901-6
定　　价: 78.00 元

序言1
悄然走来

在秋色绚烂的季节,青岛作家吴新财的新书《诗意随处闪耀》就要在深秋的静谧中与读者见面了。新财以恳切的口吻来电要我为他的新书写序,我便以文学人的虔诚、酷爱,不假思索地应允了。我想,也许这就是文学与人生的相依和相融吧。

我在青岛文联主持工作的几年中,结识了天南海北的许多文学朋友,与青岛的作家更是有了广泛的接触与了解,可是,知道作家吴新财是近两三年的事。我想,这不是我的疏忽,而是他过于低调。初识吴新财是在青岛市召开的文学艺术专题研讨会上。那天他走进会场时,正好和我打了个照面,他微笑着,有点儿腼腆地向我介绍自己,那双炯炯有神的眼睛很清澈,棱角分明、青俊的脸庞透着刚毅。后来我才知道吴新财早已是山东省作家协会的会员了,和他一起加入省作家协会的那批青岛作家阵容强大,许多已经在全国、全省有影响力了,而吴新财一直悄然耕耘在广袤、辽阔的文学田野上。近年来他出版和发表了几百万字的文学作品,多部小说荣获各类奖项,大量散文在省级以上期刊发表,其中《牵挂的季节》还荣获了第八届冰心散文奖。去年新财邀我为他出版的长篇小说《情在何处》写推荐语,我拿来一看,上下部共60万字,序言是由黑龙江作协副主席张雅文和山东作协副主席许晨写的,推荐语是由中国作协副主席张炜、河北省作协副主席贾兴安等知名作家写的。我捧书细读,深切地感受到了其中的文学价值。这部长篇小说(前部)荣获了山东省委宣传部等部门联合颁发的“中国梦”长篇文学作品征文优秀奖。

2017年吴新财当选为青岛作家协会理事，这时知道他的人多了起来。知道他写小说、写散文，是一位非常有创作潜力和实力的新锐作家。即便他在文学创作方面如此才华横溢，但当得知他要出版诗评作品欣赏集时，还是着实让我赞叹了许久。新财以破冰攻坚的执着精神，边阅读边创作、边创作边发表、边发表边编辑，以多面手的风格，一路凯歌，用最快的速度完成了《诗意随处闪耀》这部书。这部书收入了新财针对全国各地一些作家、诗人作品的点评，他以评论家兼作家的独特视角掂量每一篇作品的分量与价值，悟其内涵、寻其亮点、究其新意、探其风格……用敏锐的思维和激情的笔锋，触动诗情，让诗意随处闪耀。他的作品读来有清风扑面之感，又带着许多有益的启迪。正如新财所言：“我有意把这部书出版得平实、淡雅，具有艺术闪光点。”

秋天的硕果丰盈地挂满了枝头，2018年亦是作家吴新财文学创作大获丰收的一年。他的散文《牵挂的季节》获得了冰心散文奖，出版了28万字的短篇小说集《相逢何必曾相识》和35万字的长篇小说《梦想与现实》，现在这部诗评欣赏集又要出版了，一年内收获这么多成果，真是可喜可贺，从中也透视出作家对文学刻骨铭心的挚爱与追求。

寒梅迎春降瑞雪。青岛作家吴新财正怀揣丰收的喜悦，悄然地朝文学界走来。我相信，他在以后的岁月中应该能取得更多成果。

牛鲁平

作者系中国作家协会会员，原青岛文联党组书记、青岛文学创作研究院院长、《青岛文学》主编。

序言2
风劲满帆图新志

在跟作家新财先生交往时,他给我的印象是很率真、坦诚,也很阳光,似乎有些豪情与侠义,总觉得有一股热情扑面而来。

这些年他在文学的沃土上勤于耕种,已经发表、出版了5部长篇小说及28万字的《相逢何必曾相识》短篇小说集,还发表了许多中篇小说,并且有大量散文作品发表。

他获过包括冰心散文奖,山东省委宣传部、省作家协会的"中国梦"长篇作品奖等多项文学奖。

近来,得知新财又涉足文学评论创作了,很是兴奋。其文,一招一式,有板有眼,佳作迭出。

他的评论作品在全国各地多家杂志刊发,引起广泛关注与热议。这不仅再次让我对他的创作势头刮目相看,也为之高兴,因为在山东省作家群体里又多了一位年轻的评论家。

如今,新财的《诗意随处闪耀》文学作品评论欣赏集要付梓印刷了,嘱托我为这部书写几句话,匆忙之时,写下了这篇短短文字。是为序。

希望新财在文学评论创作及其他体裁领域再上新台阶,取得更多硕果。

铁　流

作者系山东省作家协会副主席、山东省政协委员、山东省报告文学学会会长、国务院特殊津贴专家。作品曾获"鲁迅文学奖"、中宣部"五个一工程奖"等多种奖项。

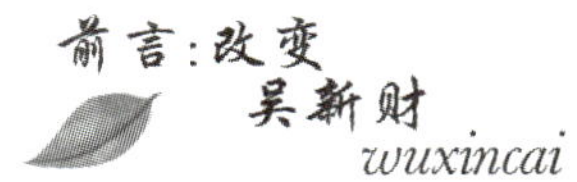

前　言

改　变

在2018年4月之前,我是没有创作多篇诗评文章的想法的,更没有在短时间内出版诗评作品欣赏集的计划。今年我原计划是写长篇小说和散文。可在我写完诗评文章《行者的歌》后,原来的写作计划被打乱了,发生了改变,现实情况把我推到了创作诗评文章的前方,并且让我得考虑出版诗评作品欣赏集了。

这种改变是因为诗人朋友对我创作的诗评文章发自内心的欣赏而产生的。

此前朋友们认为我擅长的创作是写小说和散文,好像跟诗无关。我确实很少写诗,也很少写诗评的文章。但在我的阅读中从来没有远离诗及其他文体。

我是发表过诗的。

我曾在《农垦工人》杂志1992年第10期上发表过一首《笔耕》。这是全国公开发行的杂志,如果用现在的评级方式评级,应该属于省级杂志。

那首诗是我发表的早期文学作品之一。

我开始发表评论文章是在1993年。那时我写雨桦的评论文章《寻找生活的支点》先后刊发在黑龙江省委宣传部的《新向导》杂志1994年第3期、《黑龙江晨报》1994年6月23日第4版、1993年的《北大荒日报》及1993年黑龙江省总工会的《现代职工报》等多家报刊上。

我在2013年参加山东省日照市诗人江兆明先生的作品研讨会时,又写了江兆明先生的《感悟人生》诗评文章,发表在了《时代文学》杂志上。之后,受江兆明先生抬爱,这篇文章被当作序言收录在他的第三部诗集《海滋味》一书中。

我对文学的喜欢断断续续持续了几十年,我写诗评文章若即若离,没放在创作中心,三年五载写不了一篇,根本没想过要出有关诗评作品欣赏集的书。但这样的想法却在2018年4月以后改变了。

这是我与安徽诗人田斌先生交往的结果。

我跟安徽诗人田斌先生交往不算深,但感觉比较好。他帮我卖过书。虽然数量不多,但心意好,比我还着急。书延迟出版时,他多次给我打电话,关心书的进展情况……让我十分感动。他的几部诗集是2017年12月寄给我的。我在2018年4月才写了有关他的诗评《行者的歌》。我有点迟,感觉过意不去,还好,这篇诗评文章反响特别好。许多读者是因为这篇诗评文章才知道我在创作中不只写小说和散文,还写诗评文章的,并且他们很喜欢读我写的诗评文章。诗人们对我写的诗评文章也赞赏有加,纷至沓来,开始找我写诗评。

我因此有了写诗评文章的信心。

发展到后来,我毅然决定中断小说和散文的写作,为出版这部诗评作品欣赏集做准备。

有了想法不等于能出版图书,出书跟想法之间的距离还很遥远。首先我得把作品写出来,整理好,还得与出版社联系……其间有大量工作,非常耗时,牵扯精力。

在取书名时,有朋友建议说用"最佳诗评,最美诗评……"我不想跟风,没采用。我有意把这部书出版得平实、淡雅,具有艺术闪光点。诗是来自于生活的,没那么高贵,平凡些,接人气为好。我喜欢自然美,所以用了《诗意随处闪耀》这个书名。其意是写诗的意境随处都有,随处都有闪光的诗作,只看作者是否有灵性,能不能捕捉到创作的灵感。同时也在说优秀的诗人及优秀诗作也随处都有,只是看这种光芒能否放大,是否能照亮诗人的写作环境。

这是部向读者推广诗、诗人的书,可用来赏析,也是部鉴赏书。这不是一部针对高端名家及精英的书,而是为有着想成为名家和精英般理想的诗人做引路的微微之光,是为了给他们上升做铺垫。

我是这么想的,但不一定正确。

谢谢安徽诗人田斌先生,也谢谢找我写诗评文章的诗人们。没有我与田斌先生的交往,就不会引发我写诗评文章的想法;没有那篇《行者的歌》的文章,

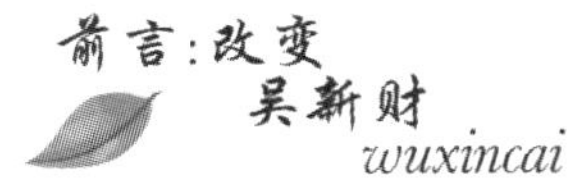

诗人朋友们就不会知道我还在写诗评文章;没有诗人朋友们的信任及帮助,就不会有这本书的出版。

河流源于小溪和山川。如果说《诗意随处闪耀》这部书是作品鉴赏书中的一条河,那么我是小溪,而诗人朋友们是山川。山川也好,小溪也罢,我们是一体的,在文学创作的某地,融汇成了这部书。

朋友们,一起携手,明天会更美好。

吴新财

2018 年 10 月 20 日　青岛

Contents

释然的情怀

——读杨智源的组诗《山村事物》

好的文学作品读起来是能触动心灵的，心灵又是写作的源泉，这如同人的表情与心脏的关系，一般时候，人有什么样的心情就会有什么样的表情，心情会从脸上的表情反映出来。在阅读文学作品时作者是否是在用真情写作，读者也能从作品中感觉到。当然，作者会不会运用写作技巧，有没有写作功底，也是极其重要的。如果没有写作功底，不会运用写作技巧，我们看到的就不是作品了，而只能是胡乱罗列的文字。假如写作者是有写作功底的，能用真情写作，加上适当的文采，那写出的作品基本都是成功的。

我在读杨智源写的《山村事物》组诗后便有这种感觉。当然，他的这种成功还只限于某个层面上，而非高峰，更非那种闪现的成功。

这种成功离璀璨、耀眼的成功还有很远的距离，有待于进一步努力与提高。不过这对于一位业余作者来说也是难得的进步了。

这组《山村事物》组诗由 8 首短诗组成。这 8 首诗几乎全是写乡村事物与自然景观的。乡村事物与自然景观看上去跟我们现代的都市生活没有太多关系，实际上跟我们的生活却是密不可分。自然环境应该说是对人类生存起着至关重要的作用。如果环境被污染了，生活环境全是致癌物，人类是生存不下去的。为了人类的生存，为了子孙的幸福，全世界都在治理污染，保护大自然。我们国家在治理污染环境方面下了很大决心，关停了那么多排污企业，处置了那么多排污不达标的企业，为的就是保住我们生存的环境。当我读到杨智源写的《山村事物》这组诗时，对自然环境的认知更深了，对优美的生活环境的要求更高了，而且对保护环境由心而生出了一种迫切感。比如《山村事物》这首诗中这样写着：

低处的事物向上生长。比如
植物、石头
高处的事物向下生长。比如

雨水、阳光和雪
中间奔跑的是四季花果
山峦和风

明亮的事物向外生长。比如
河水和山歌
黑暗的事物向内生长。比如
树根、夜和徘徊的脚步
不明不暗的事物则在缝隙里生长
比如,一座座牌坊,一根根墙草

忙时,六七月的农民
手脚并用,却怕跑不赢从指间
溜走的时光

作者在这首诗的第一小节中写的是石头和植物的生存方式,无论人,还是动植物,生存都是要有环境的。在什么样的环境中生存,怎么生存下去,这是值得思索的问题。实际上植物是有生命的,而石头是没有生命的,但石头是大自然中的一分子,是存在于宇宙间的一种事物,我们无法抹去,但可以不提,省略。那么作者为什么要把石头和植物联系在一起呢?作者无疑是想更好地展示大自然的风貌。作者把石头与植物联系在一起,运用描写人的手法来诉说这种对生存的感觉。

如果在写作中只有感觉,而没有修辞,这是算不上艺术作品的,充其量也只能说是真实表达。如果有了修辞,艺术感觉又好,就有了思想与艺术的升华,就改变文字原有的价值了。作者在这首诗中写了雨水、阳光和雪这三种物、景,而这三种物、景也正是植物生存必须依赖的条件。这也是我们人类生活需要,并且离不开的条件。这么一来,作者就把干涸的诗句变得活灵活现了。

作者接着笔锋一转,写出了"中间奔跑的是四季的花果,山峦和风"这样的诗句。这么写很好,如果写成"四季的花果在中间奔跑"也行,可这么写就跟下面的"山峦和风"衔接得有点生硬,不自然了,由此可见作者在写作方面是有很深功底的,也是在用心、用情写作。

用心写出的文字情感充沛，用情写作，作品的艺术色泽会更浓厚。这样的作品才能让读者读起来动心，入情。比如作者在《水北桥》一诗中这样写着：

水北桥是明清工艺
往上十里有唐朝的桃林
往下十里有西汉的木叶盏瓷片

我的青春在上游三里的
陶家州，野泡桐一样疯长
后山的风，从庙的寂静里冲下来
内心的叶片哗哗作响
流经桃林的水也流过我的前额
带走了童真和时间的大脚印

成长的焦虑，木叶一般拓印
在水北桥的青石板
六年的光阴坐在石拱桥上
抽烟、斗酒、吼歌、打水漂
然后，听着消失的水声
默默地流泪

作者在这首诗中写到了景观的起源时间，读者一看便进入了历史的长河中。中国人对历史的感觉是灵敏的，当作者提到明、清、唐、西汉这些远去的朝代时，就会引起读者的兴致。这些朝代在中华民族的发展史上都占据着很大的分量，人们了解的也多。从这些朝代遗留下来的物品也是人们十分关注的。作者在诗的第一小节中写出了物品的来源，在第二小节中写出了自己在这种自然景观环境中生活的场景与心情。

那时作者还年少，不懂生活的忧愁，只有欢乐与天真，这是每个人童年时期的生活写照。童年是人生中最美好的时期，光阴无限好，不知烦恼和忧愁，只有善，没有恶,也是人性之初的展示。作者之后又写到了“时间的大脚印”,我们知道时间是没有脚印的,但这是从实情来看的,可实际上时间留下的记载比脚印重得多。这种记载是存留在心间的,是刻在记忆的碑石上的,这是一种永恒的记录,如果生命还在,就无法抹去。

作者在第三小节中的诗句是令人意外的,原本前两个小节写的是童年的时光、历史的传承,可到第三小节时却写了失望、担忧、悲观,甚至伤感到默默流泪的程度。细心一想,也不奇怪,因为作者年龄渐长了,思想成熟了,对事物有了新的认知,这时的生活方式与童年是完全不同的了。当作者在这么优美的环境中看见有人抽烟、斗酒、吼歌、打水漂,过着无聊的生活,就感觉好像优美的环境受到了污染。这不是环境的悲哀,而是那些不务正业的人的悲哀。

作者感觉到这些人在虚度时光与年华,他们的这种生活方式对不起优美的生活环境。

从这首诗来看作者好像有悲天悯人的情绪,事与己无关,何必这样悲观呢?这就是艺术工作者与普通人思想上的区别。事不关已高高挂起的想法才是可悲的,如果每个人都对生活中的不良现象漠不关心,不闻不问,我们的社会还能沿着正确方向发展吗?我们还会生活在美好的环境中吗?所以,我从这首《水北桥》的诗句中能看出作者的使命感和责任感,这正是艺术工作者应该具备的思想素质与良知。

如果说责任感和使命感是文学工作者应该具备的思想素质,那么理解生活,剖析生活,描述生活应该是文学工作者的职责。文学工作者在作品中倾诉了对生活的看法,让人们能够清晰辨别美丑、善恶,这是本职。正如作者在《释然》这首诗中所表达出的观点。诗中是这样写的:

我坐在古树下,让山退回
山,让水退回溪中
让一切悬浮的落下

我像一株草承受着它们
先是风,然后是云,是灰尘
是叶子,是鸟鸣

还有那些没过好的日子，遗忘多年的
往事，以及消失多年的掌纹

它们全落在了我身上
我听到风吹，听到鸟在云里叫唤
感到那双长满皱纹的手
树藤般轻抚我的后背

一片叶子在我伤口之上，盘旋
化蝶离去，我站起身，拍打着肩上的夕阳
向深处走去

作者在诗的一开始就用夸张的手法写出了自己的精神状态。作者坐在树下让山退回，这是不现实的，也是做不到的，但这是作者的心态，心态有时比现实还重要。在生活中，工作中，跟人交往中，心态决定着事情的趋向和结果。如果想有好的结果，就应该有良好的心态；没有良好的心态，事情多数是做不好的。

这首诗应该是作者情怀的释然。

我们从诗句中能感受到作者心态的平静。我在读“我听到风吹，听到鸟在云里叫唤/感到那双长满皱纹的手/树藤般轻抚我的后背。”时真切地体会到了作者平静、释然的心态，不管生活多么艰苦，他都能以幸福者的神情去面对。

我喜欢作者的这种状态，他能给我们积极向上的力量，而不是让我们颓废的情绪。实际上作者的经历并不是太好，生活状况也不是太好。作者大学毕业后在国企工作，国企倒闭后远走异乡打工谋生。为了生活，为了家庭的生计，一度放弃了喜爱的诗歌创作，多年以后，生活稳定了，他回想起往事，有意拾起放下多年的心愿，还想在诗歌创作中前行。我懂得作者此刻的心情，因为我对打工者的生活也是非常熟悉的。

1996 年到 2004 年时，我居住在青岛市的城阳区。当时城阳区刚从崂山县划分出来不久，各行各业兴起，来自全国各地的打工者特别多。这些来自异乡的打工者成了劳动力密集型企业生产中的主力。如果没有这些外来打工者，企业就无法开工生产。虽然这些打工者是生产主力，但生活条件并不是很好，许多人每天要工作

12个小时,当地人还瞧不起他们、欺负他们。他们的生活仿佛就在我眼前。

可是,诗的作者杨智源,这位打工者,他在《山村事物》这组诗中没有一首是写自己的沮丧心情的,他写的是宏观性的事物。这是一种很高的思想境界。因为他毕竟不是发表了许多作品的诗人,更谈不上在创作方面取得多大的成就,但作为基层作者这种追求精神是难能可贵的,也是应该提倡的。

这组《山村事物》,我细读过后觉得总体上还是很好的,假如能在逻辑上,在描写上,再紧密些、细化些,那会更好。不过作为一个基层写作者,能写出这样的诗已经非常不容易了。

我相信作者在不远的将来会写出更好的诗。

大家请拭目以待吧。

发表于2018年第3期《延河诗歌特刊》杂志(陕西省作家协会)

附:杨智源的诗

1. 高天流云心飞扬

稻浪俯身大地
乡亲们俯身稻浪
丰收的喜悦俯身土地
一切都是谦卑而忙碌的

唯有那只悠闲的鹰
像个牧童
把一朵朵白云往天外赶
秋天,越飞越高

2. 离　别

一次次回来
又一次次离开
故乡与异乡
我用或急或缓的脚步
画着一根根或轻或重的线

每一次回来
总有些老墙遗失
每一次离别
总有些故人在消失中
重新闪现

为什么是这离别
是这一次次涌来的痛苦
反让我准确地记清了
它们的位置

画出了故乡完整的风貌

3. 枫　铃

我听见枫铃在屋顶上
在满树星星状的枫叶里
摇响夜色的声音

我知道，更高处
白马腾起流云
一条看不见的河
擦着树顶悄悄飞过

我听见星辰在屋顶行走
我的梦在弯曲的田埂和
忙碌的节气中行走

6. 邂逅

打开一本书
文字的藤蔓葳蕤
在故事的山谷行走
也许会邂逅一千年前的事
大雪纷飞，满山皆簌簌的声音
也许能看见微弱的灯光
甚至可以闻到小火炉上的酒味
但你看不到那座白屋
看不见白屋里黑色的人影
你看不见他如何在火中取字
在雪夜写一首有鸟鸣的诗
而你原路返回，甚至合上那本书
鸟声纷落，世界更加幽静

杨智源：笔名，至远。深圳市作协会员。大学毕业。中国诗歌学会会员。作品曾发表于《诗刊》《诗选刊》《扬子江诗刊》《芒种》《延河》《速读》《江河文学》等刊物，亦有作品多次入选年选。曾参加过《诗刊》组织的笔会。

天空有片柔媚的云

——读姜灿辉诗印记

近来我与诗作者交流比较多的,应该算是姜灿辉先生了。虽然多,也只是对他的来稿、写作技巧、艺术感觉交换看法,有时也会通过他了解一下跟他熟悉而与我陌生的作者的写作及人品情况。这么一来一往之间,我对姜灿辉先生创作的诗的认同点更多了。

我在读姜灿辉先生的诗时,有一种柔情的感知,这种感知来自内心,如水、如风……但又不那么确定,后来我渐渐察觉,他的诗意与他的为人处世相似,就像天空中柔媚的云那么缓缓移动,既有情,也有景,也有形,这就是姜灿辉先生给我的印象。

比如在编发他的诗《阅读天空》时,我阅读着诗句,想象他是用怎样的心情来写的。这首诗发表在《北极光文学》2018 年第 4 期诗歌栏目且为首篇。有许多中国作家协会会员想发表在首篇都没机会,而他却连省作家协会会员也还不是。我这么判定并不是说中国作家协会会员写的诗不好,而是想要说明姜灿辉先生的诗有闪光之处,也证明在基层有许多有潜力的作者,有许多好诗。这些基层作者发表作品的机会更少,更需要大家的关注与扶持。

从他的诗句中我们能清晰地感受到他写作的功力和潜质。他在《阅读天空》这首诗中这么写着:

天空像一张灰白的纸
鸟儿不在画面上
亲爱的
像你离开后给我的那片空白

我用思念织成网
站在回忆的河边
网到你梦中的微笑
一切忧伤的词语

也在网里

河边
一棵棵树举着绿色的小手
正伸向小鸟的歌声
一些流浪的翅膀
还在河边寻找

岁月经过打磨
总会有一些失落
像河边的鹅卵石
被人向河面掷去
溅起一个个凄美的水花

如果我没说错的话，姜灿辉先生在这首诗中主要是想表现一种悠然而失落的情怀。这种情怀应该是作者的本质。在诗的第一小节中这么写着：天空像一张灰白的纸/鸟儿不在画面上/亲爱的/像你离开后给我的那片空白。作者把鸟儿比喻成人，当成伙伴、朋友、至交……当鸟儿离开了作者的视野，作者的心好像空了，产生了失落的情绪，萌生出淡淡的伤感，这样的诗句是暖心的。

暖心的诗句不可能猛然打动读者，但细读，会越读越有感觉，如同喝茶，一口气喝完一杯茶，跟慢慢喝，品其中味道是不同的。

作者在第一小节中写的是失落的情绪，而在第二小节中写的是反应，这是内心发生的感情变化。诗的第二小节中写道：我用思念织成网/站在回忆的河边/网到你梦中的微笑/一切忧伤的词语/也在网里。作者在失落过后，回忆起往事，尽可能想起从前的美好，如同认定结果。

因为生活在继续，失落也好，忧伤也罢，在时间推移中都会渐渐远去，而我们面对的是现实生活，工作还得干，日子还得一天天过下去，应该用好心情、乐观的心态去面对眼前的生活。

所以到了诗的第三小节，他这么写着：河边/一棵棵树举着绿色的小手/正伸向小鸟的歌声/一些流浪的翅膀/还在河边寻找。这写的是鸟儿的生活环境，把树比作了人，树是不会伸出手的，但树是鸟儿栖身的地方，鸟儿在河边寻找落处而迟迟不肯落下，这是悠然的画面。第三小节写得静而美。

转到诗的第四小节，作者的情绪又发生了改变，他这样写道：岁月经过打磨/总会有一些失落/像河边的鹅卵石/被人向河面掷去/溅起一个个凄美的水花。这是顿悟，如同作总结似的，说出了在生活和工作中总会有失落之时。因为得与失在人生中是在所难免的，他突然间好像对失去的与得到的都想通了，这么想，也就释然了，心情也就放松了。这是诗的好结局。

姜灿辉先生这首《阅读天空》，是一环扣一环的诗，这是用情、用心写的诗。而他的《我是你天空的一朵云》也是可读性很强的诗。

他在这首《我是你天空的一朵云》中这么写道：

草坪里开了一些
紫色的和黄色的小花
它们在阳光中眯着小眼
很多白色的蝴蝶
翩翩飞来
停在那些小花上
内心闪烁着迷人的惊喜
小草把它们当作会飞的花朵

一些小鸟也飞到草坪
它们东张西望
在草丛中急急忙忙穿行
有动人的美丽

蝴蝶和小鸟是快乐的
小草和野花是单纯的
我有点羡慕它们
在自由自在的岁月里
享受那份惬意和美好
而忘记了身上的尘埃

在你的天空里
我只是一朵小小的云
当你抬起头
我便会对你微笑
并跳着轻盈的舞
只是我不敢靠近你
我怕自己变成小雨滴
淋湿你那颗洁净的心

姜灿辉先生在这首《我是你天空的一朵云》中写的是一种心情，也是写一种生活环境或是一种生存关系。诗的第一小节写：草坪里开了一些/紫色的和黄色的小花/它们在阳光中眯着小眼/很多白色的蝴蝶/翩翩飞来/停在那些小花上/内心闪烁着迷人的惊喜/小草把它们当作会飞的花朵。这节诗句把生活气氛写得较浓，好像没有诗的韵律，如同叙述着一件事。诗中首先写草坪中长出了一些小花，什么颜色都有。我读到这些诗句时有着融入其中的感觉。这就是生活化的诗句。

诗中接着又写：很多白色的蝴蝶/翩翩飞来/停在那些小花上/内心闪烁着迷人的惊喜。这几行诗句是写蝴蝶飞来时的状态。这种场景在乡村的菜园里或原野上是能时时见到的。可是“内心闪烁着迷人的惊喜”这行诗句就如同是在写人的心情了，而不是在写蝴蝶。

第一小节最后一行诗文“小草把它们当作会飞的花朵”这是夸张的写法。花朵不会飞，小草也不会有想法，可这节诗文是在写草坪、花朵及蝴蝶之间的关系，因此便显得栩栩如生、多姿多彩了。

这节诗文中没出现写我、天空及云朵的痕迹，假如只从这节诗文来看，显然有点偏离主题了。不过，如果能与下面的诗句联系在一起，有融入之处，这也符合诗的创作规律。

这首诗的第二小节写道：一些小鸟也飞到草坪/它们东张西望/在草丛中急急忙忙穿行/有动人的美丽。不用多想，一目了然，这第二小节的诗文与第一小节相似，有重叠性，第一小节写蝴蝶，第二小节写鸟儿；第一小节写草坪，第二小节写草丛。这种重叠性的诗文重复出现，如果是无意识的应该是败笔，但如果是作者有意安排的，则应该是为了达到诗的主题意境。

我带着推测性的想法往下读这首诗。

这首诗的第三小节这样写着：蝴蝶和小鸟是快乐的/小草和野花是单纯的/我有点羡慕它们/在自由自在的岁月里/享受那份惬意和美好/而忘记了身上的尘埃。从这节诗句中我得到了第一小节与第二小节重复出现的答案，前面的重复是作者有意安排的，是为了给第三小节做铺垫。因为他在第三小节说："蝴蝶和小鸟是快乐的/小草和野花是单纯的/我有点羡慕它们。"这几行诗句把第一小节的蝴蝶和第二小节的鸟儿放在了一起描写，还写了小草和野花，并且把作者自身的心态写入其中。这么一来，诗中的第一小节和第二小节及第三小节就连成了一体，毫无生硬之感。

第三小节中的"在自由自在的岁月里/享受那份惬意和美好/而忘记了身上的尘埃"写到了"我"，写到了"我"的心境，至此，诗中的"我"从暗处走到了明处。

这小节诗写出了人、鸟儿及蝴蝶生活的不同，暗示出了人是有烦恼的，可蝴蝶和鸟儿没有。实际上鸟儿和蝴蝶也有烦恼，只是人不知道而已。人看见鸟儿和蝴蝶的是欢快的方面，感受到的是生活的美好。

因此到了诗的第四小节，他写道：在你的天空里/我只是一朵小小的云/当你抬起头/我便会对你微笑/并跳着轻盈的舞/只是我不敢靠近你/我怕自己变成小雨滴/淋湿你那颗洁净的心。这节诗句如果不用深情体会是读不出诗意的。直观看这节诗文与主题相近，但与前三节诗文没有关联性，有突然出现的感觉。而前三小节的诗文直观看与主题"我是你天空的一朵云"也没关联性，那么作者为什么这么写呢？假如这是位没写过诗的初写者，毋庸置疑会被误认为不会写诗，有极大的错误性，可姜灿辉先生是位写了多年诗的人，他还在网络上主持过多年诗作论坛，他是不可能犯下如此低级的错误的。既然作者在创作这首诗时没有失误，那么就要往深层次挖掘他创作此诗的意图及诗的深意。

其实这是理想主义的手法与期待。

这节诗写"在你的天空里/我只是一朵小小的云/当你抬起头/我便会对你微笑"。从中能证明诗中的"天空"是想象出来的，而不是真实的天空。诗中的"云"也不是真实的云，而是用来衬托天空。这么一来就能想明白诗的第一小节写草坪与蝴蝶的关系，诗的第二小节写鸟儿与草丛的关系，诗的第三小节写草与野花的关系的用意了，因为引申开来我们不禁会去想："那么谁是谁的天空呢？谁又是谁的云朵呢？"我想这些都不重要了，重要的是诗句深处的表达。

诗中接着写道：并跳着轻盈的舞/只是我不敢靠近你/我怕自己变成小雨滴/淋湿你那颗洁净的心。在读这几行诗句时如果不用超现实的心情读，按照传统读，会如同在云雾中，思绪混乱，找不到头绪。诗中写“并跳着轻盈的舞/只是我不敢靠近你”，这是在写谁呢？谁在跳舞？诗中写“我怕自己变成小雨滴/淋湿你那颗洁净的心”。这里的“我”又是谁呢？按部就班地读能读懂吗？所以读姜灿辉先生这首《我是你天空的一朵云》不能按照传统思维理解。

我在读过这首《我是你天空的一朵云》后感觉心意绵绵的，有着还想读的想法与渴望。可姜灿辉先生在《远方》这首诗中，运用的写作角度却与《我是你天空的一朵云》和《阅读天空》有所不同了。后两首是借用自然界的环境书写心情，而《远方》表达得十分直接，倾诉明显，进展也快。

姜灿辉先生在《远方》一诗中这样写道：

你是我的远方
即使我离你再近
我也抵达不了
你心中的花园

我习惯了孤独
习惯了看天空的云朵
习惯了把蓝天读成辽阔的海洋

我像一个人住在岛上
星子们离我好近
它们闪烁在树林的枝叶里
模仿你的微笑
每一颗星都在学你的眼睛
一闪一闪的
那里隐藏着羞涩和柔情

我把自己
放在仅能看见你的地方
守望一个亲切的身影
让心中的思念变成一朵云的形状

在心空悄悄飘荡

这首诗的第一小节写“你是我的远方/即使我离你再近/我也抵达不了/你心中的花园”，这是心与心的距离，这是感情与感情的距离，如果心与心的距离远了，就算站在面前也不会有好的感觉。如果没有感情的接近，就算在一起也不会心心相印。这几行诗句是在写如果心里没有对方，如果感情不被对方接受，就不能在一起生活，不能在一起处事，与其生拉硬扯地在一起相处，还不如在远处观望与祝福的好。

诗的第二小节写：我习惯了孤独/习惯了看天空的云朵/习惯了把蓝天读成辽阔的海洋。这节诗是写心情的，没影射过多内容。诗文洁净明了，干脆利落。

诗的第三小节写：我像一个人住在岛上/星子们离我好近/它们闪烁在树林的枝叶里/模仿你的微笑/每一颗星都在学你的眼睛/一闪一闪的/那里隐藏着羞涩和柔情。这节应该是在写思念，写得动情而感人。我们可以想象出一个人生活在岛上的寂寞，人在寂寞时对感情的需求是分外强烈的，这时想见到的人应该是感情生活中最亲近的，也是最期待出现的人。

诗的第四小节写：我把自己/放在仅能看见你的地方/守望一个亲切的身影/让心中的思念变成一朵云的形状/在心空悄悄飘荡。这节诗是写作者能放下不属于自己的情感，写出了一种寄托。

我在读过姜灿辉先生的《远方》《我是你天空的一朵云》和《阅读天空》这三首诗后，感觉诗文如行云流水，有着恬静的美感，因此便有种读着诗文不想去理解诗中的含义，只想去感受文字的顺畅与舒展之感。这或许就是姜灿辉先生的诗风与特点。

这种感觉如同在读从黑龙江省走出的著名女作家萧红写的长篇小说《呼兰河传》似的。萧红写的《呼兰河传》描绘的是东北乡下的生活，成为名著，而姜灿辉先生写的是湖南县城的诗境，将来某时会不会也成为名篇呢？

我想姜灿辉先生能写出这么淡雅的诗句应该跟心情有关，跟品德有关，跟职业有关。他的职业是教师，教书育人，为人师表。心境是会影响工作的，也会感染到孩子的心灵。他的心境良好，这种心境应该是教师这一职业必备的素质。姜灿辉先生应该是位优秀的教师。

他在生活中也是很好交流的人。在他的生活中有全国各地的诗友群，诗友们愿意跟他交流、探讨生活和创作。实际上文人之间是很难沟通和交流的，如同古人所说“文人相轻”，然而姜灿辉先生能容纳这么多诗友，足以证明他胸怀的宽广。

不是有这么一句名言吗？“比大地宽广的是海洋，比海洋宽广的是天空。”如果我们的生活是天空，如果我们的思维是天空，如果我们的创作环境是天空，那么世俗的阳光已经直照大地了，直照我们的身心了。阳光虽好，但过于炽热，也是难以让人接受的，比如赤道的阳光，比如非洲的沙漠，这都是阳光惹的祸，如果有云能遮挡过于充足的阳光，那将是很好的缓冲。

我想姜灿辉先生无论是在诗歌创作中，还是在生活和工作中，都如同天空那片云一样，起到了遮挡和缓冲世俗的作用……我在写这篇评记时原本想把题目定为“柔色”的云，而这个词句很少用，怕误解，就改为了“柔媚”的云。不管题目怎么定，姜灿辉先生是好人，也写出了好的诗句。我读着他的诗，享受着文学艺术的美感，沉浸在观赏天空的意境里。

发表于2018年第10期《北极光》杂志（黑龙江大兴安岭文联）

附：姜灿辉的诗

1. 秋天的乡村

主人把衣晾在架子上
阳光将禾堂染成金色
也擦亮了主人的微笑
天空似乎比往日更蓝
可做一部诗集的封面

眼前的田野
正露出金色的微笑
远处的房屋树林
披着一层浅灰的雾
让秋天变得朦胧而有诗意

两只小黄狗躺在禾堂里
一只睡着了
另一只在默默望它
时光便静静地慢下来
让秋天在娴静里打坐
惬意而悠闲

2. 老　屋

老屋的门一直锁着
那把挂在门上的铜锁

看久了像一只眼睛
默默望着我

父亲是真的走了
屋前的樟树
向天空撑着一把绿色的伞
也撑着一段旧时光

那两株月月红
又绽开了淡红的花朵
它们在细小的绿叶上
成群舞蹈
春天仿佛就在眼前

屋前的湖田
那些禾茬
像一行行灰黑色的诗句
它们把冬天读得辽阔而苍凉

心突然安静了
眼前又呈现父亲的样子
拄着拐杖低着头
小心翼翼地移着步子
用拐杖点着那余下的行程

心已无法走回从前的亲切
远处的杉树林正吻着灰蒙的天空
这些淳朴的风景
将藏着一份永恒的孤独
给心灵披上一层无言的清凉

3. 蝴　蝶

一只美丽的蝴蝶
用触角
舞动心灵的旋律

爱在温馨的阳光下
在绿油油的草丛
在昨晚绽开的野菊花的泪水中
默默寻觅

用寂寞的舞蹈
走一段心路
梦幻般的单飞
只为寻觅
你深情的微笑

从庄周的梦里
翩翩飞出
又在梁祝化蝶的音乐声中
怀想春天

姜灿辉：湖南湘阴人，初中语文教师，毕业于湖南科技大学。爱好文学，尤喜诗歌。作品曾发表在《北极光》《参花》《岳阳文学》《星星诗人档案（2017 年卷）》等刊物上。

这是雅致的心境

——读潘桂的诗及其他

我第一次跟江苏作者潘桂先生聊诗稿时,他自我介绍说,他是被当地作家协会分配写爱情诗的。分配的意思就是接受分工或接受某种任务,这种分工很少用在写作中,多数是用在行政管理或是生产工作中。我听潘桂先生这么说感觉很新奇,也觉得不解,因为写作是十分个性化的事,作者应根据个人喜好、擅长进行写作,这么个性化的事怎么还会有分工呢?当然,大家在写作中有的时候也会进行分工,可那是指集体性创作,是生产性写作,把写作当成生产产品来完成的,为了加快生产进度,由多人完成一部或多部作品,比如长篇报告文学、电视剧本,这样分工,能加快作品完成的进度,尽快得到经济回报。可潘桂先生是写诗的,诗不是大作品,并且诗歌的创作在思想与情感方面是专一性的投入,不适用多人完成同一作品,也不适合分工写作。不过潘桂先生说的这种分工,在某些写作组织或社团里也是存在的,但是很少存在,太个别了,因为这样会影响写作者的创作空间,不利于创作,并且潘桂先生已经不算年轻了,而爱情又多数是年轻人的领域。他在这方面会有创作优势吗?他又能写出什么样的作品呢?于是我就问他为什么要专门写爱情诗。他答得也很坦诚:“别的类型诗我们作协分配给别人写了,如果我写了,会影响别人,会让人不高兴的。”

我说:“你们那儿的作家协会这么分工是独创,这是我第一次接触这么写诗的人和这样的作家协会。”

潘桂先生却没什么情绪,依旧很平静,他说:“既然这么分工了,别的诗我就不怎么写了。”

我没再多说什么,带着不解和疑惑去看他的诗稿。当我读完他的《春风沉醉的夜晚》后,不禁脑海中打了好几个问号,这是爱情诗吗?爱情诗有这么写的吗?我只好带着疑惑在诗句中寻找答案。这首诗是这么写的:

掬一抹夕阳
炖一壶月光

月色如水染透美好过往
五彩蝴蝶在我心空飞翔
为这迷人的夜晚洒满芬芳

当前世尘缘
路过我今生窗口
洁白的云霞
盛开朵朵娇媚的海棠
传情的圆月
勾勒烫金的画框

掌心的温度在慢慢传递
腮旁的红唇
还是那样滚烫
紫罗藤下私语绵绵
你说这是春对夏的向往
青草地上牵手徜徉
我言那是冬对春的渴望

你说情在左爱在右
我以生命起誓
行走在你心海中央
为你编织千万条诗行

温柔的晚风
再次吹皱我深深的思念
红烛矮了一截
思念更加绵长
在这沉醉的夜晚
我多想永不醒来
让我的爱　白了岁月

红了时光

这首诗写得很缠绵,但对爱情的描写是隐晦的,如果不往爱情方面想,如果不是有这种意识,而从直观上来看,无疑会认为这是首与情有关而跟爱情无关的诗。比如诗的第一小节这么写:掬一抹夕阳/炖一壶月光/月色如水染透美好过往/五彩蝴蝶在我心空飞翔/为这迷人的夜晚洒满芬芳。从这几行诗句中我们只能感受到作者的心情和周围的环境,根本想不到跟爱情有关。我读着诗句,猜测着作者的心绪。作者的这种情并没有新奇之处,应该说在许多诗作者或作家身上都能体现到,但可贵之处在于潘桂先生能把这种意境作为铺垫来进行处理,用景来衬托情,然后进行展示。

潘桂先生在这首诗的第二小节中这么写:当前世尘缘/路过我今生窗口/洁白的云霞/盛开朵朵娇媚的海棠/传情的圆月/勾勒烫金的画框。这几行诗句中涉及到了情缘,情缘在诗句中是被景物遮掩着的,藏在景色中,时隐时现。

我从“当前世尘缘/路过我今生窗口”这两行诗句中寻找到了爱的线索,爱的感觉。这种爱又那么深,深得让我们追寻久远的人生,在人生路上相逢、相遇、相知,摩擦出爱的感觉,美妙的情波,萌动的情丝;可这种爱又那么浅,浅得如同淡淡的明月,照亮黑色的夜晚,让人心情怡然,如同清浅的溪水,能看见自己的影子在水中,能看见水中的沙石。但这是感情中的比喻,有夸张性,不是真实的。

我对潘桂先生这种运用情绪的描写持赞赏态度,也很佩服他的文学修养与内在的文学功力,假如没有一定的文学修养,没有较深的文学功底,应该是写不出这样动情的诗句来的。

我们可以分析一下潘桂先生这两行诗句,尘缘是一种缥缈的、现实中是不存在的,只存在于情中、意中、想象中的事物,而作者却把它写成实实在在的人,会经过窗前。这是很高的思想境界,也物化了尘缘,为情丝留下了更广阔的飘动空间。

作者接着写道:洁白的云霞/盛开朵朵娇媚的海棠。我读后在想,云霞是洁白的吗?通常描写云霞是很少用“洁白”这个词语的,多数是用“彩色的,包罗万象的”等等,而这里潘桂先生却用了“洁白”,这样的描写,有失常规,我想这不是作者的失误,也不是疏忽了用语的准确性,而是有意这么写的。这么描写虽然反常,但不违背语句在这首诗中的衬托感。

当我读道“传情的圆月/勾勒烫金的画框”时,就感觉出了情动,这两句诗也体现出了爱的感知。用月光或月亮写情感的诗句有很多,可以说是举不胜举,可潘桂先生的高明之处在于他后面那句“勾勒烫金的画框”。这句诗把前面那句提高到了顶点，月光形成了画框，如果没有这句诗的衬托，前面那句就是失败的，而有了这句承接前面的诗文，就使整节诗变得非常合情合理，意境也更高了。

我们不妨随着诗句来设想一下：画框里是谁的照片？是一个人？还是两个人？是情人，还是恋人？是家人，还是朋友？这空间就太大了，情感的发展空间也太大了，大到无限。

这就是潘桂先生写诗的成熟与老练之处。

在《春风沉醉的夜晚》一诗的结尾处写着：温柔的晚风/再次吹皱我深深的思念/红烛矮了一截/思念更加绵长/在这沉醉的夜晚/我多想永不醒来/让我的爱/白了岁月/红了时光。当我读到这些诗句时能不动情吗？如同爱到了深处，所有的爱都沉浸在情中，用话语已经不能表白了，也无法说出来，说出来会显得苍白，只能让它在静思中随时间流淌。

潘桂先生说“时光”“红了”，而岁月老了，这证明爱的力量是经久不息的，在源远流长。其实，诗写到这种程度已经到火候了，再说别的都显得多余了。

潘桂先生的《十步相思》一诗的文学性和艺术性也是很高的。这首诗从题目上看是与爱情有关，但能不能算纯正的爱情诗，还真不好定义。这首诗是这样写的：

诗里有我缠绵的红袖
回忆了许久

一步两步
无法丈量岁月的奔流
为了等你
把永不廉价的承诺一直守候

三步四步
徘徊在一个个曾经的路口
打开陈年细软
眺望灯火阑珊
是否有你顾盼的回眸
是否还有你葳蕤蔓延的情愫

五步六步
多想约你再到回忆里走走
湖中荡起涟漪小舟
期待美丽的邂逅

七步八步
遥望月光
是否将我的思念
洒在了你的床头

九步十步
你有时端庄得像个小淑女
在我写诗的时候
给我递上玫瑰的稿纸
有时活泼得像个野丫头
牵着我的手在雪地上
时而奔跑 时而慢走
两对脚印蜿蜒向远方
一不小心就一起白了头

潘桂先生的这首《十步相思》,在开头两行依然显得与主题无关,诗的题目是“十步相思”,可诗开头两行却写“诗里有我缠绵的红袖/回忆了许久”,这样看上去与主题是没关联的。不只是没关联,并且这两行成为了一个小节,好像有内容缺失,但这是作者有意的安排,这是在为接下去的诗文留下更多空间。

这首诗的第二个小节进入了主题,这么写着:一步两步/无法丈量岁月的奔流/为了等你/把永不廉价的承诺一直守候。作者在这些诗句中主要是想倾诉对情的守候与期待。期待与守候是人生中的情感寄托,只是有的人对这种情明了,有的人不明了。

潘桂先生是写诗的,并且是会写诗的人,文思敏捷,感情细腻,当然对这种寄托之情是明了的。他不但明了,也会比喻,还会讲述。他把这种情放入到岁月中,用心去丈量，如同白糖放入水中被溶解，无异样色彩，而与水成为一体。脚步在这里只是借用，只是对情绪的释放。我们试想一下，生活中，情感中，脚步怎么可能丈量岁月呢？正如作者所说，岁月是在奔流，奔流的岁月只有用情、用思想跟踪才行，因为人的思想与情感是没有止境的，可以无限延伸。

作者说“为了等你/把永不廉价的承诺一直守候”。这两行诗句充分表明了作者的心态。承诺是人对某件事的期待与渴盼，也是人格与品德的体现，应该算得上是信仰的一种。如果生活中没有信仰，生活就会失掉本色；因为有了信仰，有了承诺，就有了标尺，生活与感情中才能自我画出界线，明白有的事可以做，有的事不可以做，有的感情可以发展，有的感情不可以发展。亲情无界线，友情无界线，但爱情是有界线的。有时你爱人家，人家不一定爱你，这就是单相思。单相思这种爱必须克制，必须自我约束，不能走火入魔，不然会后患无穷，麻烦多多。

假如潘桂先生在这里所写的是爱情，我认为也是单相思的那种，就算不是单相思，也是不明了的爱情，不稳定的爱情，有着飘摇之感、恍惚之意。如果是明了的爱情，是轰轰烈烈的爱情，是坚定的爱情，作者就不会用这么郁闷的笔触去写了，并且也不会用“一直守候”了，明了的爱情用不着守候，只要长相守，恩恩爱爱，一起慢慢变老就行了。

作者在一步两步这小节中这么写了，那么接下去写的又会是什么情感呢？

潘桂先生在这首诗的第三小节中写道：三步四步/徘徊在一个个曾经的路口/打开陈年细软/眺望灯火阑珊/是否有你顾盼的回眸/是否还有你葳蕤蔓延的情愫。这一小节的诗句近一步靠近了诗的主题，也是对诗句缓缓进行梳理。因为作者这首诗的题目是“十步相思”，既然有一二步了，也就会有三四步、五六步……诗文如同行人一步一步走来，诗情亦在一点点深入。

潘桂先生在这首诗的结尾处写：九步十步/你有时端庄得像个小淑女/在我写诗的时候/给我递上玫瑰的稿纸/有时活泼得像个野丫头/牵着我的手在雪地上/时而奔跑时而慢走/两对脚印蜿蜒向远方/一不小心就一起白了头。

这段诗句写的是现实生活，如影随形，逼真生动。虽然这种情形在现实生活中不一定这么浪漫多彩，但是会发生、会存在。感受这种情形的不一定是写诗的人、作家或机关工作人员，也可能是农民、工人。有许多文学作品描写的就是相爱的农民在田间劳作，欢乐生活的场景，比如著名的《天仙配》。《天仙配》中便有这样的描写：

买柴买米度时光
庄稼之人不得闲
面朝黄土背朝天
但愿五谷收成好
家家户户庆丰年
……

换作是工人当然也可以,两个人一起上班,一起下班,一起买菜,一起做饭,这都能呈现出生活的甜蜜。挚爱的人生活在一起,相伴相随走在人生路上,无意间,在时光流逝中慢慢变老,了结此生,这是非常幸福的。

我在读过潘桂先生的诗后,又回想起他说的话来,他说他是专门写爱情诗的,因为当地作家协会有分工,让他写爱情诗,别的诗很少写,写了怕别人不高兴。他这么做不是怕谁,因为他的生活与事业都是成功的,有一定的社会地位,甚至可以称得上是当地的名人。那他依然能这么做,只能说明他是一个守规则的人。他守规则是在意别人的感受,是在遵守公德。能认识这样的诗作者,与这样的人交往,我很高兴。

我也喜欢他的诗。

我想跟潘桂先生说:"你的诗有情,也有爱,但于爱情不太明了,于爱情有点模糊和朦胧,虽然能让人心动,但不会冲动,这是雅致的心境,这么写真的很好。"

发表于 2018 年第 9 期《连云港文学》杂志(江苏连云港市文联)

附:潘桂的诗

1. 赠友人 望穿一江水

风逐彩云追
丹桂吐香蕊
涓涓情愫何时了
悠悠相隔一江水

芳草沾露水
难拂相思泪
他乡明月照故人
遥遥望穿一江水

青山滴翠微
花恋蝶相随
江边柳绵春又柔

声声雁叫何时归

2. 情短藕丝长

一声短笛将春风吹响
回忆又漫过心房
一袂红袖
立于画舫
一曲《离殇》为谁唱

二分明月耀银光
泪水晕开轮廓
常把别人看成你的模样
莫道《广陵散》
情短藕丝长

三生石上一滴泪
抹去胭脂褪了红妆
恍惚又走进过去
记忆的碎片写满花开
哪怕生死两茫茫

四海飘零
画船载春渐远去
空留下半江明月
清辉洒梧桐
窗外春雨又秋凉

3. 十七岁那年

常在梦里走进从前
仿佛又回到十七岁那年
如花岁月　宛若昨天
记忆的空间
存满你青涩的容颜

岁月如歌往事如烟
我奔跑在球场
你总晃动在场边
课桌上划下的竖线
却是次次暗渡的起点

偷越楚河汉界的小纸条
云看了羞成了霞
风看了乱了方向
我像十八相送的梁兄
错过来不及表白的爱恋

你盈盈的眸子
燃烧了一季又一季哟
多少次梦里花开
多少回魂里化蝶
轻一揉眼还停留在梦的边缘

潘桂：男，江苏省淮安市洪泽区人，医药世家，大专学历，临床医师。洪泽区作家协会副主席。已发表散文及诗歌200余篇（首），散见《诗潮》《北极光》《江河文学》《诗歌月刊》等报刊。获第一届中国山海诗会银奖。作品《无言的大爱》被编入北京市中学生课外阅读课本。

热爱生命

——杨正强的诗里诗外人生情

我在读杨正强先生的诗时,不自觉地会想起他的人,他说的话及对未来生活的打算。他在重庆,我在青岛,我们居住在不同地域的两座城市,隔着千山万水。我没见过他,不知他是胖,还是瘦,个子高,还是矮。既然没见过面,信息交流也不多,那我们之间就应该是彼此陌生的,可我对他不但没有陌生感,反而多了几分亲近感。为什么我会对他有这样的感觉呢?我想应该是他的人格魅力打动了我,应该是他对生活的信心与执着感染了我。

他在用写诗的方式书写人生。

这是热爱生命一种方式。

我在很早以前便读过美国著名作家杰克·伦敦的《热爱生命》这篇短篇小说。这是我最喜欢的文学作品之一。用文学作品书写人生不是现在才有的,而在很早以前我们的前辈就认为文学能延长生命,能增加生命的价值与重量。

杨正强先生是位癌症患者,他就是在用写诗与病魔抗争。

癌症,这两个字听到就够吓人的,放在谁身上都会有巨大压力。虽然只是两个字,看似轻巧,但威胁着生命,落到谁身上就意味着生命将要终结,难得有九死一生的逃脱希望。患上癌症的人想逃离病魔的手掌,这种希望太渺茫了。如果没有良好的心理素质,如果没有乐观的心态,如果没有更高的人生目标,就会被癌症吓得魂不附体,就会被这称为绝症的两个字压垮。

杨正强先生不但没被癌症压垮,还战胜了癌症。他是在患了癌症后开始写诗的,他想用诗句来承载生命的价值。

四年前,近六十岁的杨正强先生得了癌症。他的癌症发生在脸与脖颈之间。他静心养了几年病,并在养病期间开始认真思考人生,回顾过往的人生旅程。从年少到暮年,一路走来,他看过了太多人生风情,领略了太多酸甜苦辣。那自己应该在人生路上留下些什么呢?他退休前是国企的厂长、经理,应该说在工作中是出色的,是成功者。工作与生命一样,是有年限的,工作的年限在退休那天便画上了结点。然而,人生还在继续。癌症找到了他,跟他亲密接触上了。他在想尽办法战胜病魔之时,也在思考今后的人生、以后的生活,怎么生活下去,如何走完余下的人生旅程。这时他想到了文学,想到了写诗。

此前他没写过诗,好像也不喜欢文学,这种想法产生在对人生有所顿悟之后。

他开始写诗时已经六十多岁了。这个年龄从头开始学起,如同孩子刚入学接受启蒙。同时,他对写诗这门艺术又如同孩童般憧憬着,期待着。

这是令人敬重的选择。

我在读他的诗时能感受到他对生活的理解,对大自然的热爱,如同他在《春意》这首诗里所表达的那样。他在诗中这样写道:

蚂蚁勾搭新野
把泥土草皮推翻
让弯曲的颜面反弹

四季的参与
必争朝夕
昨天、今天、明天的交错
催生出黑夜与白天

阳光与空气融成
植物的碳水
化出科目属种
分出
赤橙黄绿青蓝紫

不管是莺歌
还是杏花雨
整个天地生机盎然

杨正强先生在这首《春意》中写的是春天的景致。诗中没有具体写某一景观,也没写某一事物，而是在写这个季节的变化，变化中的生态。诗的第一小节写：蚂蚁勾搭新野/把泥土草皮推翻/让弯曲的颜面反弹。这是在写春天来了，土地发生了变化，生物复苏了。诗中用蚂蚁的活动来讲述春季发生的变化。

这首诗的第二小节写：四季的参与/必争朝夕/昨天、今天、明天的交错/催生出黑夜与白天。这一节是在描写时间与季节的关系。一年分四季，季节与季节的轮回，白天与黑夜的轮回，你追我赶，组成了我们的生活。有轮回就有替代，就有紧迫感。诗中没有过多地表现紧迫，而是用了“必争朝夕”这个短语，其中的“必”字有着强迫性作用。诗中又用“昨天、今天、明天”来说明时间的重要性。实际上我们的生命从开始到终结，就是由一分一秒组成的。年月的组成也是这样，如果没有分秒，没有点滴，就没有年月。

虽然诗的第二小节里没有提及春天的文字，可一年四季是离不开春天的。这便是在提醒人们，要在这个季节里做属于这个季节的事。

这首诗的第三小节写：阳光与空气融成/植物的碳水/化出科目属种/分出/赤橙黄绿青蓝紫。这一节是在写春天里的植物。植物是人类生存密不可分的伙伴，如果没有植物，就不会有人类的存在。阳光与空气两者是植物和人类的存在必要的条件。空气与阳光滋养着植物生长，让植物呈现出千姿百态、五颜六色，形成大自然的美。

这首诗的第四小节中写：不管是莺歌/还是杏花雨/整个天地生机盎然。这一节只有三行，此小节主要是概括性的描写，直抒胸臆地阐明了春季的风貌。

在读过杨正强先生的《春意》这首诗后，人的心情会变得分外平静，不再有一丝浮躁，如同身处在大自然中。在这首诗里能感受到自然风光的美，觉察不到红尘岁月的喧嚣。我们生活在人世凡间，生活杂事、烦恼与忧愁可以说无处不在，杨正强先生的生活更不平静。那么，他为什么没写世间的恩恩爱爱，得与失，伤感与悲痛呢？我想这跟他的心境和思想有关。他的目光或许已经看透红尘，不想写生活杂情和琐事了。

如果从《春意》这首诗中我们读出的是杨正强先生一种超然的心情，那么从他的《春花》这首诗中，我们又能感觉到什么呢？

杨正强先生在《春花》这首诗中写道：

白里透红

拿人开眼
好色的三月

海选
桃花代表春天
以人为本
颜值招蜂
惹我为蝶

振翅飞翔
带来雄蕊的吻
闭上眼
桃熟了
有着女人的丰满

我的果实呢
把容颜
做成了书笺
文字把桃花铸成了思念

虽然《春花》这首诗也是在描写春季,但立意与《春意》截然不同。《春意》是写景致,而《春花》是写感觉。我们从题目上就能看出这两首诗的区别,《春意》中的“意”是含蓄,《春花》中的“花”是直观。

杨正强先生在《春花》这首诗的第一小节中这么写到:白里透红/拿人开眼/好色的三月。此处诗文应用了倒序手法,正常叙述应该是“好色的三月,拿人开眼,白里透红”,而作者没这么写,没这么写的妙处是更能体现出诗的艺术性。

诗的第二小节写:海选/桃花代表春天/以人为本/颜值招蜂/惹我为蝶。第二小节与第一小节运用的手法是相反的。此处诗句中用了“海选”这个词,这是目前较为流行的用语,各地电视娱乐节目中经常用这两个字,但诗歌创作中很少见,显然作者是受到了现今生活用语的影响。

此小节中用桃花代替了名目繁多的各种花。春季是百花争艳的季节，姹紫嫣红，花开有序，绽放时间有先后。想到了桃花，就想到了春季。

这个小节中还写到了“惹我为蝶”，这是形象化诗句。在风和日丽、美好的季节里，作者的情绪被感染了，心境如同蝴蝶……再往更深层次去理解，我想他应该是想忘掉尘世烦恼，融入自然界的美景中，呼吸新鲜空气，在阳光里，在花丛中，自由自在地生活。

于是，他在这首诗的第三小节畅想：振翅飞翔/带来雄蕊的吻/闭上眼/桃熟了/有着女人的丰满。这一节诗句写得有点过于形象化了，把物比喻成了人，把人的情感放在了物上。“振翅飞翔”本指飞鸟，诗文中指的应该是飞虫。闭上眼睛桃就熟了，这是跨越性描写，任何果实不可能在瞬间成熟，成熟是需要过程的。作者接着又把成熟的桃子比作了丰满的女人。实际上丰满的女人有人喜欢，也有人不喜欢。生活中人们提倡减肥，防止发福，喜欢苗条、淑女那种形象。然而，在表现丰收与幸福场景时，又多数是用丰满的女人来比喻，因为丰满在直观上能让人认为生活得好，日子过得开心，身体健康，而瘦小与苗条则留下了许多想象空间，我们可以把瘦小与苗条理解为好的生活，也可以理解为不好。我们毕竟不是名扬天下的成功人士，作为普通人，生活在大众人群中，好与不好是同时存在的。因为瘦小与苗条容易被理解成生活环境不好，困难多多，所以用“丰满”是更为合适的。

这节诗句的排列也非常有特点，前一行诗句与后一行诗句是对应的。前面写“雄蕊”，后面写“女人”。“雄蕊”是雄性植物，给雌性植物授粉的；而把成熟的桃子比喻成女人，这是与植物的对接。因此在这节诗句中有着前后照应，相连紧密的特点。

写到此处，作者在这首诗的第四小节中自然而然地写道：我的果实呢/把容颜/做成了书笺/文字把桃花铸成了思念。在诗的结尾处，作者把想法写出来了，阐明了诗的主题。

诗句“我的果实呢”这与诗名“春花”形成了回答性连接。春季是花开的季节，既然开花了，就应该结果。那么，结出的是何种果实呢？这个果实就是最后一行诗句：文字把桃花铸成了思念。

季节会被时光抛弃。春天的花朵无论多么鲜艳，也总会凋谢。岁月轮回是无情的，不会因任何原因停止。

从表面上看，杨正强先生是在写春季花开时节，可实际却是在借用季节的美丽风景写人生。人生与季节是相似的，不管是多么好的年华都会逝去，留下的只有思想与精神。

当我读过杨正强先生的《春花》和《春意》后，有着许多回味，让我有一瞬间都在疑惑：我是在品评诗作呢，还是在思索人生？

应该说是两者都有。

杨正强先生的诗作反映出了他的人生观。他以前就有人生观，只是有所改变，萌生了写诗的想法。

不管我是否在读诗，只要我看见“杨正强”这三个字，不管是否重名，我就会想到重庆有个人叫杨正强。

重庆的杨正强是一个六十岁以后才开始写诗的人。

重庆的杨正强是个珍惜生活，热爱生命的人。

不管何时何地只要我看见“热爱生命”这四个字，就会想起美国作家杰克·伦敦的那篇同名短篇小说。杰克·伦敦的生命旅程是非常短暂的，如同流星在世间一闪而过。他少年经历不幸，中年过得颠沛流离又体验了成功，但不久成功转到败落，一生只活了短短40岁。他的生命虽然短暂，可留下的文学作品却是璀璨夺目的，在一代又一代地流传着。

他的文学作品所体现出的价值与精神是他生命长度的几倍、几十倍、数百倍……这就是文学与生命的关系。

这恰是杨正强先生想用诗表达对生活的珍惜，对生命的热爱的让人赞叹之处。

应该说每个人都珍惜生活，都热爱生命，只是热爱生命的方式不同，珍惜生活的想法不同。有的人认为挣更多的钱财是生命的价值，有的人认为吃喝玩乐是生命的本质，有的人认为保健躯体能延长生命……我不指责谁对谁错，我认为只要过适合自己的生活，生活得开心就好。

那天，我跟杨正强先生通电话，他感激地说：“吴老师，谢谢你，因为与你那次通电话，我儿子当晚便写了一首诗。”

我说：“你多鼓励他。”

杨正强先生说：“虽然只有几行，可证明他的想法改变了。”

我说：“让他继续写。”

杨正强先生说：“是的，让他多写。”

我在跟杨正强先生刚交往时，他就告诉我他儿子得了忧郁症。他只有一个孩子，这是他血脉传承的唯一希望。他儿子毕业于国家重点大学，学理工科，原本非

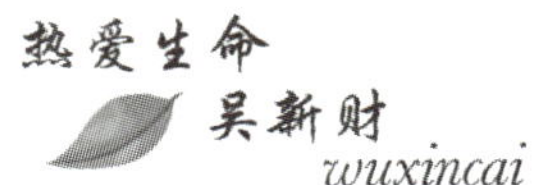

常优秀，前途无量，可没想到竟患了忧郁症。

我们无法拒绝病魔，但我们可以与病魔抗争，争取活着的最大希望值。

杨正强先生写诗的另一个目的是为了改变儿子的病情，想唤起儿子对生活的信心、重归美好。他用心良苦，是个好父亲。当他的儿子第一次写出诗，不管这诗写得如何，这种人性本质的改变，远远超出了诗文的价值。

我为杨正强先生感到高兴。

杨正强先生不但没被癌症压垮，还想治好患忧郁症的儿子，这是多么好的心理素质，这是多么值得人学习的人生观。

他想用文学延长生命，增加生命的重量和价值。

他虽然不能像杰克·伦敦那样留下那么多文学作品，也不会有那么高的文学成就，但他们在人生路上行进的意义是相同的。因为人活着就应该有所追求。

发表于2018年第5期《延河诗歌特刊》杂志（陕西省作家协会）

附：杨正强的诗

1. 无故的明白

锅碗瓢盆的三尺灶台，让讲台茅塞
顿开彻悟的菩提树，并非全神
所有灌注，应该欣赏一幅画的空旷

真正的色彩，也许是吃一枚水果
漫无目的地游荡悠哉，读本闲书
事业的圣殿，应该有个后花园缅怀

忙忙碌碌，赌一局金钱地位的盛开
沉溺于琐事和俗务，头衔和身份
即使填满财产，生命没有角落见外

2. 无度的比拟

星光，冷月
白日化的惨烈，残阳如血
米兰花，罂粟花
华贵淡而无味，鄙浅清香扑鼻
山顶的树，远道的风
山下的树，远去的水
能力拔大山，能泅渡大河
没有一个，相同而生
同一棵树上的，每片叶子
有性有别，相似有度

3. 无力的回天

一生中捕获着某种悲哀
一切从零开始还要回归到零

它是思想的灵魂艺术的根源
所不同的是有的把这个零画得较大
有的较小有的规整有的不规范

狡辩者无论多么叫嚣
强词夺理的人无论多么圆滑和机巧
平静之后都会落入真实设下的圈套
同样谬误无论跳得多么高
都要回到真理大地上挖好的那个槽

山鹰无论在多长的岩壁上留下利爪
都要回到辽阔的草原
永远向前无论多快多远
若不回到起点地球就没有经纬线

杨正强:男,汉,1956年元月生,重庆人。本科学历,民革党员。作品散见《北极光》《牡丹》《唐山文学》《广州文学》《奔流》《长江诗歌》等期刊。

致青春

——读馨岚的诗《遇见》及其他

我是很少上网的，微信也是从2017年才开始用的，不愿意打字，短信发的更少。在这个信息迅猛发展的时代，我有些落伍了。2018年4月以来《崂山文学》陆续刊发我写的诗评，网络传播迅速，传播面广，各地读者都能看到。我有时关注上面的信息，看读者对我写的诗评反应如何，意在提高，避免不足。

我偶然发现有个叫馨岚的网友经常在我写的诗评刊发后，写赞许留言，发表观点。后来她加我微信，我问她真实姓名，她用湖南方言跟我说。我去过湖南，接触的湖南人也多，但湖南话还是听不懂。我听得一头雾水，猜测中也没弄明白她叫什么，既然没有恶意，又喜欢写诗，对我写的诗评观点也赞成，于是我便接受了她发来的添加微信好友的请求。

有一天她在我的诗评中再次点赞，我打微信电话过去说，如果你想参加诗评也可以。她有些惊惶失措地说，“济南（我微信名）老师，我的水平还不行，写不了诗评。”我说，我看你经常在上面发表观点，以为你想写诗评，不好意思说呢。她说，你写的诗评太好了，我被感动了，就想发表观点。我说，谢谢你的关注。

这件事就这么过去了，生活在继续，天各一方，大家各自做着自己的事。

我继续写诗评，馨岚继续关注我写的诗评。有一天馨岚打电话过来说：“济南老师，我想请你给我写诗评。”我诧异地说，我问过你，你不是不写吗？馨岚抱歉地解释说，我当时理解错了，以为你让我写，我哪里会写诗评呀。

我说，你喜欢我写的诗评吗？馨岚话语中带着清脆的笑，语速也快，有时我插不上言，她说，你写得太好了，读你写的诗评入情，对我写诗很有帮助。我说，我不只是写好的一面，也写不好的一面，如果写你不好你别生气。馨岚说，不会生气的，我的诗有不足才让你写，看到不足才能有提高，你放心写好了。我说，你准备诗吧。

馨岚笑着说：“济南老师，听声音我还以为你是退休的大叔呢，看照片才知道你这么年轻，还是位帅哥呢。”

我说：“不年轻了。”

馨岚说:“照片太年轻了。你的声音与照片不符。”

我笑着说:“我的相貌欺骗了你。”

馨岚说话时总是带笑,笑得爽朗,清纯,应该属于那种不笑不说话的年轻女性。她没多久就把诗发来了,这时我的事特别多,而找我写诗评的诗作者也多。她的诗只好放在我这儿排号。时间久了,我抱歉地解释几句说,“你别急……”馨岚理解地说:“济南老师,我知道你忙,没关系,我可以等。”

我也想早点给馨岚写诗评,可这段时间事务特别多,时间有限,我是凡人,不是神仙,没有分身的本领,事情只能一件一件处理,着急也没用。

那天我坐在车上,有空余时间,索性查看手机信息,无意中看到一篇《馨岚是这样被免职的》文章,神经猛然绷紧了,心想:馨岚怎么被免职了?她是从事什么工作的?又是犯了什么错误?这会不会影响她的生活……我打电话过去,关切地问她发生了什么事……

馨岚哈哈大笑,那种笑如同淘气的孩子做游戏骗过了大人似的那么开心。她说,济南老师,你这个大作家也被我骗了。她的语气中带着得意与满足。我说,这不是真的吗?馨岚说那是搞笑的文章,当然不是真的了。

馨岚给我的印象如同刚出校门的女大学生。在跟她通电话时总能听到她的笑,笑声如银铃般悦耳。因为她方言有点重,许多话我听的只是大意,如同听粤语歌曲,曲子动听,听不懂歌词。我有时叮嘱她说:“你用普通话说吧!”馨岚会控制一下方言,过会儿又忘了。虽然我有些听不懂她的话,因为她爱笑,笑得那么甜,又那么清脆,方言没有影响我们之间的交流。

我说:“你刚大学毕业吗?”

馨岚笑着说:“哪里呀,我女儿已经大学毕业参加工作了。”

我说:“你的笑声骗了我。”

我在想一个年近五十岁的写诗女性,拥有如同二十多岁的女大学生那么好的精神状态,对生活、对人生那么有激情,这样的人生观多么阳光呀。这对男性读者来说是有巨大诱惑力的,绝对能产生磁性。我还没读她的诗,已经被她的乐观精神感染了。于是我想在她的诗中找到青春的痕迹。

馨岚女士在《遇见》这首诗中写道:

不知是天意还是缘分

却懵懵懂懂地让你走进了我的生活

时间是让人猝不及防的东西
慢慢的
我感觉到你的问候
浸透了关切
虽然你的语气远在天边
却好似眼前
你诚挚的问候
在不经意间
触动了我这根封尘的心弦

我一直在构筑沉稳
曾经自傲地克制
却在你的执着中崩塌
为你打开友情的心门
也许人生的旅途就是一场遇见
人来人往
最珍贵是遇见另外的自己

你对我的牵挂
没有过多言辞
有的只是你默默付出
无论我走到哪里
你的牵挂像清泉
慢慢渗透我的心田

感动和内疚总是袭击我的心灵
感动让我泪流满面
内疚我当初的逃避

你坦荡的性格和执着
让我们达到了相惜的彼岸
踏上了相知的征途

不求天长地久
只求曾经拥有

馨岚女士写的这首《遇见》诗,可以理解为爱情诗,也可以理解为人生哲理诗。如果把这首诗界定为爱情诗,是因为诗句中写一个人被另外一个与自己本不相关的人牵挂、惦念而生情,情又那么浓、那么深、那么真,从陌生到相识相知。这种诗应该是写给相爱的人,写给心心相印的人的。如果把这首诗界定为人生哲理诗,则是因为诗句中没有表明爱情或情人,只是含蓄地在写一个人牵挂另外一个人,一个人接受另外一个人,这样内敛的诗文亦可以理解为写实人生。虽然男女两性之间多数的情是为爱而动,但也不排除纯真的友谊。当然男人与女人之间纯粹的友谊少,欲望多,可少不等于不存在,只要存在就是有可能发生,何况这首《遇见》把情写得这么深,这么沉稳呢?

馨岚女士写的这首《遇见》诗与她说话、性格迥然不同,我在诗中没找到她说话时那种活泼、清纯、天真的痕迹,我找到的是深沉与稳重。

她在《遇见》这首诗的第一小节写:不知是天意还是缘分/却懵懵懂懂地让你走进了我的生活。虽然这一小节只有两行,可这两行已经明确了诗的主题。诗句中说不管是什么原因,自己接受了另外一个人的情感。这里没写到情感,而是写到了生活,并且写"你走进了我的生活"。诗文中用了"走"这个字,这是行动的意思,这是情感的接近与接受。这两行诗句衬托出了"遇见"的深意。

诗的第二小节写:时间是让人猝不及防的东西/慢慢的/我感觉到你的问候/浸透了关切/虽然你的语气远在天边/却好似眼前/你诚挚的问候/在不经意间/触动了我这根封尘的心弦。这一小节主要说明了"我与你"之间的关系。应该说"我"是被动的,"你"是主动的。当一个人有意接触另外一个人时,行为上会体现出来,这种体现也许是直截了当,也可能是小心翼翼。小心翼翼要比直截了当更有内涵,更富有想象力。这里是试探性接触,是因为有了"你"的关心,"我"慢慢接受了你的感情,你的关心触动了我的情。

这一小节中的“触动了我这根封尘的心弦”一句中,提到了“封尘”,而“封尘”应该是封闭的意思,在暗示作者好像从前受到过情感的磨砺,把心扉关闭了,似乎有着拒绝的意思,是因为有了“你”的关心才再次打开心门。

作者还用了“心弦”这个词。“弦”是可以发声的。但是“触动”后面用的是“这根”,“根”在这里指数量,一根“弦”发出的声音是寂寞的,不是和弦。作者用“这根封尘的心弦”体现出了这一小节诗句的艺术性。

馨岚女士在此小节中把诗意写得细致、微妙,足能引起读者的兴致。

这首诗的第三小节中写:你对我的牵挂/没有过多言辞/有的只是你默默付出/无论我走到哪里/你的牵挂像清泉/慢慢渗透我的心田。这段诗文写的过于含蓄了,也正如我前面说的可以理解为有关爱情的诗句,也可以理解为有关人生哲理的诗句。如果我们只从这一段诗句来看,看不出是在写爱情,但又应该与爱相关。我们将它可以理解为父母对儿女的关心,也可以理解为友谊。假如是友谊,那么这种友谊太纯真了,也太崇高和感动人了。

虽然我不了解馨岚女士写这段诗文时的心情,但我认为她当时的心情是多变的。如果理解成爱情有点凄然,不够阳光,不够浪漫。我认为理解成友谊会更好。如果是友谊,这种情会引发更多思考和期许。

馨岚女士在《遇见》这首诗的第四小节写:感动和内疚总是袭击我的心灵/感动让我泪流满面/内疚我当初的逃避/你坦荡的性格和执着/让我们达到了相惜的彼岸/踏上了相知的征途。这段诗文是在写遇见后的感觉,彼此的接受。

人是一个个独立的个体,每个人都有着各自的处事方式。陌生人在相识后能否接受彼此的生活方式、处事行为,这是交往中至关重要的因素:朋友在一起因为对事情的观点不同,产生了分歧,就会结束友谊,分道扬镳;恋人之间因为生活观念不同,就会了断情缘,成为陌路人。不管是朋友在一起,还是恋人或夫妻在一起生活,如果想长期在一起生活、共事,就应该接受彼此的感情表达方式、行为方式。

人与人交往是复杂的事。从陌生到熟悉,从熟悉到陌生,这是说短就短,说长就长的过程。这个过程的长短主要看彼此能否接受对方,包容对方。

馨岚女士在《遇见》这首诗中写的就是这种心态。

馨岚女士在诗的结尾处写:不求天长地久/只求曾经拥有。这样的结尾跟诗的开篇是呈对应的关系。开篇是两行,结尾是两行。开篇是明确了遇见,结尾是总结了从前。虽然两行诗句短,但精确,意境广泛。可以认为是总结与归纳。

馨岚女士的这首《遇见》诗,是在写青春时期的心情,也是在回忆发生在青春时期的事件。我们从诗中可以看出青春期那段岁月给作者留下了太深印迹,不然就不会写的这么真情。

我想诗中或多或少应该有作者的影子,也许影印了作者那时的情感。

虽然作者已经过了情窦初开的年龄,过了年少轻狂的年龄,但生活往事仍清晰地存留在她的记忆中。作者是在追溯生活往事,重温青春岁月,并在重温中释放情愫。

我读了馨岚女士这首《遇见》后,没找到与她通电话时快言快语的感觉,却感受到了成熟女性的思想及作者对诗情的真挚。因为作品与作者性格两者差距如此之大,使我对作者产生了兴趣,又细看了她的简历和写作经历。

这时我才知道她真名叫蒋鑫爱。父亲是老师,十分爱好写作,并且是《湖南日报》的通讯员。她从小受到父亲的耳濡目染,也喜欢写作。她 17 岁开始向报刊投新闻稿,1993 年成为《湖南农村报》特约通讯员。她和她的父亲都能成为省报的通讯员,这在县城作者中已经是很好的创作成绩了。

馨岚女士从 2005 年开始接触网络,先是在《心雨文学论坛》原创文学版面作版主,2006 年又在腾讯论坛《青春中国》版面作版主,2007 年时建了鑫缘文学论坛,2010 年进入中国游戏中心论坛,用的版主号是“伊人笑红尘”。

从馨岚的网名能感觉到她生活得很幸福。如果生活不开心,她是不会有心情在网上玩文学的。她是助理工程师,她爱人是工程师,女儿大学毕业后工作了,一家三口是知识分子,家庭文化氛围浓,幸福圆满,这是多么让人羡慕的生活!

馨岚女士让我佩服的不是优厚的生活,而是她这种人生观,这样的乐观精神。她是一个年近五十岁的女性,这是人生中最忙碌的阶段,可她没被生活琐事捆住,没丝毫沉重感,心态这么好,值得学习。

我在 2018 年炎热的夏季能认识馨岚女士,能读到她写的《遇见》诗,这是很开心的事。

读者应该感谢馨岚女士写了《遇见》这首诗。人生路上我们需要遇见相知的友人与爱人，友爱的存在，如影随形，人生才不会孤寂。

馨岚女士和她的诗引起我的思索，让我找到了青春的痕迹。

那是无比美好的岁月。让我们向青春致敬吧！

发表于2018年第11期《北极光》杂志（黑龙江大兴安岭文联）

附：馨岚的诗

1. 荷与鱼

是谁将鱼跃起的镜头定格
是谁乱点鸳鸯将荷和鱼配
荷洁身自爱威武不屈
身处逆境奋力向上
穿破污泥而未染
远观而不可亵玩
只为装点河塘的美丽

鱼虽然是荷前世的缘
却不是荷今生的盼
鱼只是荷身边匆匆过客
三生三世梦已醒
野心勃勃只为跃进龙门
险触碰到了荷
龙门未跃过
荷还是荷 鱼还是鱼
鱼丢了荷还在

2. 芒 种

芒种芒种
麦香扑鼻
成熟的麦子吃力地挺着腰杆
风轻轻的一个吻似金色的波浪
"突突突"收割机一响
粒粒麦子和回忆
一起"哗哗"装进袋中
一季的努力
一季的汗水兑现了
长长的"龙须"跃上餐桌
芒种芒种忙着
种下事业种下爱心
种下希望种下快乐

3. 故乡的小河

记忆仿佛被电击了一下
一切时光倒转

往事历历在目
童年随着父母
离别了家门前孕育、滋养我的小河
身居异乡数载
什么都忘记了
唯有那条小河
像刀刻在我的脑海里

六年前我携母回老家
站在河堤上微眯着眼睛
聆听这穿过记忆的流水
这条河流了多少方水
养育了多少人已无从考究
清澈的河水静静地流淌着
小河两边被野花点缀得依然是那样的美丽

曾经的小丫头片子
现在已经步入中年
我不敢下入河中
我怕一下去 河水飞起来
便把我卷入一段苦涩的过往……

蒋鑫爱:馨岚、诗雅(笔名),大学毕业,曾经连续多年为《湖南农村报》、《岳阳晚报》的通讯员,多部作品曾在《湖南农村报》《今日女报》《湖南人口报》《岳阳晚报》《长江信息报》《奉天诗刊》《北极光》等刊物发表。

埋藏在乡村的情感

——读张羽中组诗《黄土村庄》

接到张羽中这组《黄土村庄》诗之前，我编发过他一组诗，这是他第二次给我投稿了。虽然次数不多，但他给我的记忆比较深，在上次编发他的诗稿时，我跟他有过交流，当时他语音低沉地说，过段时间我再跟你说下组诗稿。我认为他只是随便说一说，没当回事，可没过多久，他就跟我说了他的想法。这时我知道他是认真的，并且非常重视《黄土村庄》这组诗，也好像是在了却心愿。他说完想法后，我说："你可以再修改一下，修改到最满意时给我。"

他说："不想改了，这组诗是十多年前写的，十多年过去了，只在我们县小网站上发过，别的地方没发过。"

我说："你感觉怎么样？"

他说："我是很满意的。"

我说："现在好稿件也不一定好发表。"

他说："这我知道。"

……

我收到稿件在第一时间便读了，我有着迫切感，因为张羽中那句"十多年前写的"在我耳边持续萦绕。一位作者把十多年前写的稿交给我，这是多么大的信任！而在信任里又埋藏着多少希望与期待呢？我没有理由不认真阅读，我没有理由不尽快给他回复处理结果，我晚一分钟回复他，他就会多一分钟煎熬与无奈的等待。

我没细读，粗略浏览了一遍就知道稿件能否刊用了。这组诗在质量方面是没问题的，如能细改一改，在思想上深挖一下，那会更好。于是我跟张羽中说："你再改一改可能会更好。"

他说："真不想改了。"

我说："那就这么发吧。"

我在没收到张羽中《黄土村庄》这组诗前，在他介绍时，凭着感觉判断就知道是写乡村的。文学作品中不论是小说、散文，还是诗，写乡村的都很多。写的多没有关系，关键是要看能否写出亮点与新意，别人写过的素材也可以写，但要写出不同的思想与文学色彩。

写乡村的作品已经这么多了，如果想写出特点与新意就更有难度。

我在想，作家和诗人为什么愿意写乡村呢？可能因为乡村是生活的基色吧。不管是在城市生活的人，还是从乡村走出去的人，大家几乎对乡村都是了解的，也是熟知的。因为城市从前没这么大，也没这么繁华，更没这么拥挤，城市的繁华与扩建全部在乡村这个基础之上。城市的生活也是由乡村来保证的。我们生活中不住高楼，没有工厂，不开轿车，不去商场，依然可以生活，人类依然可以一代又一代繁衍下去；可如果我们不吃饭，没有粮食，没有肉，没有蔬菜就生活不下去，人类就得灭亡。城市是长不出粮食的，乡村是粮食的来源，这就是乡村跟城市的最根本差别。然而这种差别被城市的繁华遮掩了，好像没了乡村人们还能生活下去，人类还能生存，这是观念上的一种悲哀与错误。

可是张羽中写的《黄土村庄》这组诗没有直来直去地写乡村，也没写乡村是粮食的来源地，更没写人生存的前提是需要吃饭，以食为天，他写的是土地、老人、村庄……这正是人类生存所需要的环境，这也是作者对乡村感情的记载与抒发。

乡村是作者的家，也是作者生活的地方，从而能体现出他对村庄的感情是深厚的，对土地是深切依恋的，他深深地沉浸在这种生活的气息里。

张羽中在《泥土》这首诗中写道：

杏子黄了的季节
故乡，便呈现出一种
赤橙黄绿的色彩
这种时候
回到山里
有一种让人说不出的亲切感觉

而在山里
泥土沉默的声音
最让你觉得激动
一只绿蝈蝈在山坡上叫着
一片山丹丹在山坡上开着

山里人的孩子
光着脚丫走在
不远的砂石地里
任远方属于他们的泉水
在大山脚下流过

山里人
他们年复一年
泥里来泥里去地活着
面朝黄土背朝天的日子
也就是庄稼们
在山岭之上
整齐生长的日子
而七月流火,七月丰收
七月的阳光
让人想起
所谓日出而作,日落而息的痛苦
让人想起
农人们对土地的
无限深情

于是
泥土
这种很普通的物质
自然而然地
变得生动起来
与阳光一起
成为我们
吃饭之余,所议论的
主要话题

作者这首诗主要是反映人们在乡村生活的状态、快乐的生活场景。乡村生活原本要比城市生活单调得多,失色得多。作者曾经去过许多大城市旅行,是见过世面的乡村人,对城市不乏了解,所以他避开了乡村与城市的差距,在自然环境中寻找诗的突破点,展现独特的诗风。这样就把诗句写得生动了。

作者在诗中把人、自然环境融入在一起,形成了生动的画面。

诗与小说和散文不同,小说和散文篇幅长,思想容量大,是经常有场景出现的,但诗容量小,受篇幅制约,很少有这么写的。诗主要是以抒情、倾诉、哲理、隐喻等写法为主。如果诗写出了生活的场景,要么是成功的诗,要么是失败的诗,应该说用这种写法创作诗多数是失败的。因为诗的容量小,限制了描写,想展示全景比较难。如果诗想跟小说和散文在描写场景这方面一争高下,应该是没有优势的,处在下风。没有优势不等于不能写,这就要看作者对写作技巧的运用和对生活的感悟能力了。

张羽中在这方面运用得相对比较好。我从《山村》这首诗中就能发现作者在这方面的长处和见解了。他这么写着:

下雨的时候
山村
沉浸于一种
无以言传的静谧里
雨丝朦胧,天空朦胧
庄稼
这种山村最得意的风景
也朦朦胧胧的
为雨而立

因为雨
我想起诗歌般的歌谣
很多鸟
飞旋而起
占据所有空间

而水
这种庄稼的灵性
在心头缓缓流动
让昨天围绕我们
淹没世界的尽头

在山村
炊烟总是很多
于天空与土地之间
升起
日子又过了一天
鸟雀啼声依旧
农人们在琐事中
站起而又倒下
凭着跟祖先相同的姿态
回到土里

关于山村
我想起父亲
种庄稼的姿态
在长满了阳光的土地上
挥动双臂
年年岁岁
土地
这种很简单的东西
因为我们
才显得生动
而我们
也因为土地
才活得悠然
活得不紧不慢

这首诗把乡村写得非常深沉，感情十分真挚。他写得饱满，情中有物，物中有情，能看出来他对乡村的热爱与深情。这是不难理解的情感。作者生活在黄土地的村庄里，在这种自然环境中生活了一年又一年，所以这里的人与物都自然进入了他的视野中。作者热爱这里的人，爱这里的一草一木，情感埋藏在普通的生活中，一旦有机会展示，便能如清泉一样流露出来，滋润着他所生活的土地。

他在《老人》这首诗中就是这样写的：

我要以庄稼的名义写你
老人
你站在庄稼地里
你的双手沾满泥土
而在你的身后
庄稼们都在快乐生长

庄稼们是一种风景
一年一茬地生长
一年一茬的美丽
如果不种庄稼
还能干什么呢
老人一年一年地老去
双肩常常疼痛不止
脸上的皱纹
记载着我们的过去
也记载着
我们的无限深情

老人在城里
阳光总是跟我
保持着垂直距离
我周围人声沸腾

常常因为货币而厮杀
可是
在静谧的山村
你知道这些吗
你站成了一种庄稼的姿态
你在想什么呢
老人
你的童年是否和我一样
是一路圆形的鹅卵石

老人
我在城里
常想着你在地里的时候

老人不只是乡村有，在城市也有，城市是人群集中的地方，老人相对要比乡村多。这么一来，似乎写城市的老人应该更好。可是张羽中是生活在乡村的作者，他的视野中是乡村生活，所以他的诗句落在了乡村老人的生活上。

作者在这首诗中主要是体现老人一生的勤劳、辛苦与责任。这是饱含着怀旧与感恩的诗。作者在诗的结尾写着：老人/我在城里/常想着你在地里的时候。这是深情的诗句。

从张羽中这组《黄土村庄》诗中我们能了解到作者对乡村的感情是深厚而真挚的。

作者生活在甘肃的乡下。我对甘肃乡下的生活并不陌生。记得上世纪八十年代初期，我在黑龙江北大荒国营农场读小学，当时学校号召学生采集草种，支援甘肃、新疆造林，防沙。那时甘肃给我留下了贫穷的印象。

2017 年 10 月我被邀请去甘肃参加文学活动，有机会了解那里的生活与人文。那里的经济不算好，属于相对落后的地区。可是张羽中生活得很好，无忧无虑，很舒心。这证明他会经营生活，懂得生活，属于会谋生的人。

我想既然作者会经营生活，有谋生策略，那么在写诗的路上也应该走点捷径，用点技巧为好。靠写诗挣钱是维持不了生计的，是无法生活的；可生活好了，经济宽裕了,运用经济方式是可以提升他在诗界的影响力的,比如现在的诗集几乎全部是自费出版的,如果没有经济做后盾,诗集是无法出版的;诗人开作品研讨会也是需要花钱的,这就是钱对写作与生活的作用。

作者生活在乡村,并且是西北乡村,这对发表诗,对进入文学界是不利的。虽然写诗的素材可以来源于乡村,但在乡村中生活的人很少有读诗的,不利于诗的传播,如果想把写出的诗让更多人读到,那就得想办法运用信息、媒介等途径把诗传开。

如果把一瓶茅台酒、五粮液或法国红酒放在深山里,谁又能闻到好酒的醇香呢?写诗也是如此。

也许有人会说余秀华不是在乡村写诗吗?不也成为家喻户晓的知名诗人了吗?那是她的幸运,放眼看去在中国诗界有几个余秀华?可能第二个都没有。余秀华的成功是一种偶然与机遇的结合,适应了某时期的文风,这种现象是罕见的。

俗语说:酒香也怕巷子深。何况写诗,并且是刚起步的诗人。

羽中,我想你对乡村那么有感情,既然你能把生活经营得那么好,相信用些心思,加上勤奋,也会在诗界有所建树。远的不说,在你们县或在你们市及省内的诗群中,想有一席之地还是应该能做到的。

我说的话别当真,只供你参考。

祝你好运。

发表于2018年第6期《北极光》杂志(黑龙江大兴安岭文联)

附:张羽中的诗

1. 村　庄

你站在一个荒凉的山野
你看到一座座旧房子
你看着一些老人,孤独地数着星星

你的心是凄凉的,你无法理解
一个村庄最后的影子,被山风吹过
野绵花开得好美,好像是你童年的眼睛
夕阳用最后一丝光线
把这一切衬托成梦幻

羊群在山坡上吃草
你却听不到牧羊人的歌声

牧羊人在一棵大树下睡觉
对他来说,只有在梦里的世界
才是幸福的

2. 一场雨

这场雨有时间,竟在一个秋天
淅淅沥沥了很多日子
把一个秋天淋得湿湿漉漉

这场雨有厚度,把一些树叶
染得色彩斑斓
草都黄了,雨也就停了

这场雨有价值,竟让人觉得
阳光灿烂的日子
原来如此的美丽
如此的让人心跳

3. 蚊　子

嘴唇与皮肤接触的瞬间
一种痛感传遍全身
虽谈不上撕心裂肺
却也让人终生难忘
嗡嗡的声音,听起来心烦
能够想起很多不该发生的事情
教训刻骨铭心
可惜相同的过程还是会重新发生
既然无法躲避
只好选择面对
然而有些痛苦
远远地超过了人的承受能力
在不堪折磨之后
我只能以决定生死的一记耳光
来结束我们之间的纠纷

张羽中:网名昆仑山之石,陇南市作家协会会员。曾在《延河》《杂文报》《中国新农村》《散文百家》《北极光》等刊物发表作品多篇。作品收录于《中国当代诗歌十三家》《仇池诗词》等选集。

诗句在如水的记忆中形成

——读若木组诗《钟情水乡》

在我读过的诗稿中写乡情的比较多。作者之所以愿意写乡情,写起来那么得心应手,也许是人们对乡情有太深的感受,有太多的依恋吧。“乡情”顾名思义就是对故乡,对家乡的感情。这种感情每个人都有,只是或深或浅,有的人善于表达,有的人不善于表达。不过,诗作者是舞文弄墨之人,是善于用文字来表达对故乡,对家乡的感情的,所以写乡情的诗作就多了,就广了。

虽然写乡情的诗多,可直接把题目定为《钟情水乡》,或把水与乡情联系在一起的诗作近年来却不算多。这种现象的出现或许是诗作者的忽视,或许是因为写水乡的诗句较为难写,艺术角度不好把握,而故意避开吧。当若木的组诗《钟情水乡》呈现在我眼前时,我感觉有内涵,有意境,甚至有点激动与欣喜。

我从作者的简介中了解到若木是位男性,职业是莱西市一名高三数学教师。莱西市是青岛市行政管辖的下属市。我对莱西市的自然环境、人文环境不陌生,那里虽然有水有草,也是乡下,但称不上水乡,并且离水乡这个名称还相距很远。那么若木这组《钟情水乡》的诗,创作灵感由何而来呢?

是杜撰的吗?

诗作者在写作中凭空想象出作品来是有的,但那种诗是很难打动读者的,更难有好的文采。因为写诗不像写小说那样可以完全用幻觉支配创作灵感,让作品在幻觉与想象中完成。

我在跟若木先生交流时,对作者的人生经历、写作经历都有所了解。得知作者在读大学时就喜欢写作,并且与中国作家协会副主席张炜和烟台市作家协会主席矫建是大学校友,他们同在一个文学社。读大学时,他还是校刊编辑、广播站站长。因多种因素,他参加工作后中断写作多年了,难怪我离莱西这么近也不知道若木的名字。

若木先生在休假时经常去外地旅游。他来到江南水乡时,诗情萌动,想到了遥远的故乡,就把在江南水乡的所见所闻所想融入到了自己的感情中,融入到了诗的创作中,形成了优雅的诗句。

若木在《宁静村庄》一诗中写道：

有烟云笼罩着村庄
村庄这般宁静
石板小路蜿蜒至水边
浣衣的女子载歌载舞
嘹亮的招呼声
随风飘落
敲打着船头

是啊
若不是大地春意萌动
为什么
拥有这般亮丽的水
为什么
拥有这般宁静的村庄

这首诗不长，诗句也不深奥，可读起来朗朗上口，有种活灵活现的感觉。比如作者写：有烟云笼罩着村庄/村庄这般宁静/石板小路蜿蜒至水边……这么几行诗句，点点滴滴就勾画出了村庄的环境、景色，读到诗文就让人感觉到了村庄的幽静与美。接下来的诗句“浣衣的女子载歌载舞/嘹亮的招呼声/随风飘落/敲打着船头”是写村庄里人们的生活状态的。年轻的女子在河边唱歌、洗衣服，生活得非常悠闲……这是多么好的心态，没有城市人的焦虑感，也没有农民的辛苦劳作感。作者把招呼声比作点点水花，比作轻轻树叶，水花、树叶随风飘落，敲打船头。作者这么写，形象逼真，充分而真实地展示了乡村生活的美好，也体现出了水乡的特色生活。

若木先生对水乡的感觉细腻，文笔柔润，他在《驶进水乡》这首诗中进一步体现出了在这方面的优势。诗中写着：

驶进这水乡阁楼

我发现你在沉醉

你已离不开
这水这船这篙
还有远处的拱桥
拱桥上熙攘的人群

你已离不开
门前的翠绿
和连接远方的长线

你已离不开生你养你
烟雨弥漫的湖泊

如果说若木先生在《宁静村庄》中写的是乡村生活的环境和人们生活的心态，那么他在这首《驶进水乡》中主要是想表现心情与意境。作者写：驶进这水乡阁楼/我发现你在沉醉。作者在这首诗的开头两行就把诗的意味定位了。把楼阁比作人，发现楼阁沉醉在水中。其实水中是没楼阁的，楼阁在岸边，但这种典雅的建筑与水的相互衬托足能迷惑人的感觉，楼阁如同沉醉在这样的景色中。作者接下去写着：你已离不开/这水这船这篙/还有远处的拱桥/拱桥上熙攘的人群。这几行诗句中的"你"是广义的，不是针对某个人，某件事。应该说诗句中的"你"是指生活在这里的人们，也可以是指生活在这里的每一个人。作者在诗中是在说这里的生活方式与人的生存紧密相连，这里的每一个人已经离不开这种生活环境了。

这种自然环境确实有着非常广泛的用意，也能让人心醉，但也会或多或少地有些孤寂的情绪。正如作者在《共享夜色》中写道：

今晚
要停泊这岸边了
要沉浸这片水草中
任无边的孤寂
随波起伏摇曳

拉紧衣襟
藏住满怀诗意
不发出一声叹息
与古树
与栖鸟
共享茫茫夜色

作者在这首诗中把自己当成这里的过客，以行者的视角与心情来写水乡的夜景。在夜色笼罩四野时，作者来到这里，准备在这里休息，过夜。看到眼前这么美的夜景，有感而发。诗的开头写：今晚/要停泊这岸边了/要沉浸这片水草中/任无边的孤寂/随波起伏摇曳。这几行诗句主要体现出了作者当时的心境与感触。实际上作者这么写是带有夸张与想象的，因为作者没有船，这里或许也不适合外来小船停泊，但是作者这么写了。这是夸张与想象勾勒出的画面。

诗的写作方式是不拘一格的，可无论怎么写也离不开物、景、人、心态，只要作者能用诗句把在诗中想表达的意境写出来，把思想与情感抒发出来，我想这就应该算是完整的诗。完整的诗不一定是优秀的诗作。优秀的诗作不只是能完全表达诗中的意境、思想、情感，还应该具有读起来触动心灵、激发情感的感染力。在这方面，作者在《钟情水乡》这首诗中有显露出了不足之处。这首诗是这样写的：

为什么
你钟情于这水乡

反复渲染
那拱桥
那流水
那往来的人群

水边古老的楼阁
是你崭新的构筑吗

迷乱中
藕鲜和菱香扑面而来
那船
分明是沉甸甸的

读起这些诗句时我依然有着轻松感，也能感受到作者的心情。我眼前仿佛有来来往往的船，吃水较深，满载而归，井然有序地穿过拱桥。河岸上和桥上的人此刻忙碌着，空气中弥漫着藕或菱的味道。作者用写实的诗句表达了丰收喜悦的场景。

可我没有明白这种表述跟钟情水乡的关系。正如诗中所说的：为什么/你钟情于这水乡？这是设问吗？并且还进行了补充，说明似的写着：反复渲染/那拱桥/那流水/那往来的人群。既然作者在询问，那么就应该有准确表达想法的诗句，可在接下来没有出现那样的诗句，始终是一种诗调，从前面到结尾也没出现一个明确的答案。特别是在结尾处，明显有缺失。结尾处作者这么写：迷乱中/藕鲜和菱香扑面而来/那船/分明是沉甸甸的。读起来诗句流畅，也充满温情，可是这样的结尾能体现出什么呢？这与开头的：为什么/你钟情于这水乡？有关联性吗？如果作者换一种诗句用在结尾处，会不会更好呢？

读着若木先生的诗让我想起了凤凰传奇演唱的《荷塘月色》。歌曲与诗的意境有时是很相近的。不然，诗怎么会通常被称为“诗歌”呢？《荷塘月色》这首歌曲萦绕在我的耳边：

剪一段时光缓缓流淌
流进了月色中微微荡漾
弹一首小荷淡淡的香
美丽的琴音就落在我身旁
萤火虫点亮夜的星光
谁为我添一件梦的衣裳
推开那扇心窗远远地望
……

这首歌曲舒缓、动听，吸引着众多听者，我也喜欢这首歌。我喜欢歌的优美旋律，也喜欢歌词的意境。我在想若木先生的诗是否跟《荷塘月色》这首歌曲有相似之处呢？我想如果若木先生的诗被谱写成了曲子，成为歌曲，会不会也能成为动听的歌，流传开去呢？

若木先生这么写《钟情水乡》的用意可能受到了古代诗人的影响，比如李白、孟浩然、王维等。如果让李白、孟浩然、王维写《钟情水乡》这样的诗，这些名扬天下的大诗人又会写出什么样的诗呢？

我们不妨设想，假如让若木先生与李白、孟浩然、王维做同题目《钟情水乡》的诗，会有什么样的结果。

虽然若木先生的诗有不足之处，但能感受到诗画交融的场景，这是难得的成功。毕竟作者中断写作多年，文思有点生疏了，是在依靠如水的记忆和对文学的热爱在写诗，能创作出这样水准的诗就是可喜的了。更何况现在用这种手法，用这种心情写诗的人少之又少了呢。

附：若木的诗

1. 我在追赶

我在追赶
却慢了半拍
脚步被眼睛定格
门依然伫立
树下的青草已蔓长
真诚陶醉于无奈的绿荫
像清脆的鸟鸣被晨光笼罩
迷蒙时总有那么一点
如火
在小镇的雨巷中行走

2. 时　光

九月刚过
八月又至
时光的脚步
走失了你的去路
走失了我的记忆
可总有情节时隐时现
像夜空中遥远的星星
若干个夕阳中
我沿着古道漫步
试图追寻你昔时的影子

3. 站立窗后

站立窗后
看雨流如注
心火噼啪燃起
双手合十
祈雨淹没世界
扯一部小说漫读
有诗句澎湃涌出
无论左侧右侧
总睡不安稳
拉开雨帘
月光朗朗
却照在河的那岸

4. 思　念

思念已无法扼制
像长江源头汹涌
你站在峰尖欢笑
我却跌落波谷
幻想反复涌起
又反复沉入水底
只当夜深人静
独自辗转床上
情种似的
咀嚼你的名字

5. 必　然

我知道这是必然
可必然
为什么来的这样早
初绽的花絮
还未能触及阳光
梦中的日脚已悄然西移

已收不回为你伸长的触角
只好让情丝
网捕新的缠绵
可每当阳光照临的一刻
我依然眷恋
你明媚潇洒的一眸

崔治先：又名智先，笔名若木，别署三好斋主人。大学期间曾任烟台师范学院《贝壳》文学社诗歌编辑，学院广播站站长。在中学创办《蓝天》文学社，并任诗歌编辑；已有诗歌在《北极光》《精短小说》等刊物上发表。

乡情是永远唱不完的歌

——读作家杨庆发有关乡情的诗

我跟内蒙古作家杨庆发先生交往是偶然,也是必然,说偶然是因为我编杂志时收到了他的来稿,编发了他的作品;说必然,是因为就算他不给我投稿,我不编发他的作品,也许也会在某地某时见面的。诗人和作家组织的活动多,游走各地的机会多,结交朋友的机会也多。因为有了这个偶然的机会,我和作家杨庆发就这么相识了。

我刚开始以为杨庆发专写散文,后来才知道他是以写小说为主,再后来知道他还写诗,并且还写剧本。他还在北京某影视公司任职过编辑,总监。可他的职业不是专业写手,而是检察官,并且是批捕科长,这是县级检察官中最高的级别。他工作中非常敬业,爱岗,也是很出色的。他只在业余时间写作。这么一来我对他的认知更深了。

我知道他已出版了《鹿鸣岭下》《血色的清晨》《寻你到天边》等 3 部长篇小说,还写有 1 部 20 集电视连续剧《乡里来个检察官》及《山杏坡》、《我的祖国》、《守望家园的孩子们》等 3 部电影剧本。总计下来,他已经发表了上百万字作品。

杨庆发在文学领地辛勤耕耘几十年,收获颇丰,是名副其实的作家。

他创作领域广泛,涉及体裁多样,是作家中的多面手。当他把组诗《故乡之歌》发来时,我吃了一惊,没想到他诗写得也很有水准。

我有时在思考作家与诗人之间的区别。为什么有人会被称为诗人?而为什么有人则会被称为作家?两者名称之间划出的界线这么清晰,这么明确,可是诗人与作家的界定又是什么呢?

虽然有的人能写小说、散文、剧本,可是在诗歌创作方面成绩突出,就把自己称为诗人了;有的人只会写诗,别的作品写不了,也称为诗人;有的人虽然能写诗,也能写散文、小说和剧本,可是小说和散文写得比诗好,以成绩突出方面为主,就被称为作家了。这或许就是作家与诗人之间的区别。

杨庆发显然是属于后者。他是作家,是能写诗的那种作家。

虽然我是第一次读到杨庆发的诗,可不惊奇,而是很快就进入诗情中了。

我读着他写乡情的诗,想着有关乡情的事。

乡情是每个人都有的感情，这种感情在我们的情感世界中犹如吃食物同等重要。不吃食物生命是维系不下去的；没有乡情的感情世界是一片沙漠，不会有绿树与湖泊，不会有美丽的风景。

我读着作家杨庆发的诗，能想起自己的故乡，我进入到了他的诗句中。

他在《故乡的风》一诗中这么写：

是什么声音
在耳畔轻声地哼吟
那是遥远诱惑的歌谣
还是母亲哼唱的催眠曲

是什么声音
在耳畔轻声低鸣
那是黄鹂的清脆
还是父亲吹奏的柳笛

是什么声音
在耳畔细语卿卿
那是远方的召唤
还是亲人绵绵的叮咛

是什么声音
在耳畔琴音咚咚
是高山上的流水
还是伙伴在叩击窗棂

是什么声音
竟那样悦耳动听
身在他乡
声音怎会如此刻骨铭心
凝听窗外

哦
原来是故乡吹来的风

这首诗是写一种幻觉，幻觉中回想着故乡。这首诗应用了设问手法，每个小节都是设问，设问时把想要说的"风"比作亲情，一步一步地往后梳理，在结尾时才说明，这声音是故乡的风。

这首诗的第一小节把风声比作"那是遥远诱惑的歌谣/还是母亲哼唱的催眠曲"，第二小节把风声比作"那是黄鹂清脆的鸣叫/还是父亲吹奏的柳笛"，第三小节把风声比作"那是远方的召唤/还是亲人绵绵的叮咛"，第四小节把风声比作"是高山上的流水/还是伙伴在叩击窗棂"。最后在诗的结尾处用惊叹与猛醒的诗句写到：是什么声音/竟那样悦耳动听/身在他乡/声音怎会如此刻骨铭心/凝听窗外/哦/原来是故乡吹来的风。这就把前四小节的猜测、不解、疑惑画上了句号，给出了答案，下了定义。

作家在这首诗中每一小节的比喻都会写出一幕风景，并将风景与亲情、友情、乡情放在一起，化为艺术的语言。第一小节是写"歌谣"与"母亲哼唱的催眠曲"，第二小节是写"黄鹂"与"父亲吹奏的柳笛"，第三小节是写"远方的召唤"与"亲人绵绵的叮咛"，第四小节是写"高山上的流水"与"伙伴在叩击窗棂"……这么写，既丰富了诗文，也体现出了故乡的风俗人情，让诗情饱满了，也提高了诗的艺术性。

我在读作家杨庆发写的这首《故乡的风》时，情不自禁地想起了前不久刚离世的台湾诗人余光中先生的那首《乡愁》。

余光中先生成名于乡情诗写作。他写的这首《乡愁》朗朗上口，传播较广，影响好，深受读者喜欢。诗中这么写：

小时候，
乡愁是一枚小小的邮票，
我在这头，
母亲在那头。

长大后，
乡愁是一张窄窄的船票，
我在这头，

新娘在那头。

后来啊，
乡愁是一方矮矮的坟墓，
我在外头，
母亲在里头。

而现在，
乡愁是一湾浅浅的海峡，
我在这头，
大陆在那头。

诗人余光中把无形的乡愁比喻为四种事物，可见愁思之重。小时候将乡愁寄托在给家人的书信里，所以将乡愁比喻为邮票；长大后和家人分居两地，难与家人相见，将乡愁寄托在回家的船上，所以把乡愁比喻为船票；后来母亲去世了，与母亲再也不能见面，将乡愁比喻为坟墓；现在由于人为的原因，海峡两岸的同胞不能团聚，将自己的乡愁比喻为台湾海峡，表达了诗人期盼祖国统一的强烈愿望。

虽然作家杨庆发跟诗人余光中先生同是在写乡情诗，但有所不同之处是余光中把比喻的直接说出来，而杨庆发是放在后面，让人去想象。不过两位作者都是饱含深情地写，都带有中国诗的情结。

我不知道作家杨庆发在写《故乡的风》时是否受到了诗人余光中的诗风影响，应该是没有，因为这样的诗是中国诗常见的风格，他是受到了中国传统诗风的影响。

作家杨庆发的诗有着不同风格，诗文变化较大。同样是在写乡情，可他这首《乡路》就与《故乡的风》不同，虽然意浓，情真，但诗文的风格反差是很明显的。他在《乡路》中这么写：

即使蘸尽溪中的水
也诉不尽我对你的情
梦中对你的留恋
还有曾经对你的失落

仅是朝霞和春风吗
不　还有疾风暴雨
同你一起
惊慌失措地闯进我的生活
那段悠悠岁月
延伸着未知的沉浮
每个十字交叉口
都有我书写的忐忑

当然
我默念你的
不只是彷徨与忧伤
还有千年不变的欢乐
直到今天
我仍无法评判是对还是错

作家杨庆发把这首诗定名为《乡路》,可诗中没出现这个词。虽然有着朦胧派诗的风格,但又与朦胧派诗有所不同。

中国大量出现朦胧派诗风是在上世纪八十年代初期。当时以北岛、顾城、舒婷为代表的一批青年诗人,大胆推陈出新,探索诗路,在中国诗坛刮起了朦胧派风。这诗风强劲有力,在诗坛刮了好久,吹遍了各个角落,后来被汪国真的青春派诗风遮掩住了,阻挡了,才停下来。

有人说汪国真的诗没有艺术价值,可却有那么多人喜欢,销量又好,他的诗集一版再版,一经面世,迅速脱销,各式各样的盗版书层出不穷,尤其是在中学生群体中广为传诵,这也是事实。这应该还是说明他的诗有独到之处。

朦胧派也好,青春派也好,我个人认为最基本的是应该让读者能读懂,能有读下去的意愿,能有想读的想法。

我听到好多人说朦胧派诗看不懂,理解不了诗人的创作用意。我想这就是艺术的特点。文学艺术是很难确定优劣的,可我认为不管是多么优秀的作品首先得让读者能读明白才行。杨庆发的诗虽然有些朦胧,但能让人读懂,读起来能意识到这是首有关乡情的诗。

这首诗第一小节写道：即使蘸尽溪中的水/也诉不尽我对你的情/梦中对你的留恋/还有曾经对你的失落。虽然这一小节没明确主题，但把情写到了顶峰。把溪中的水用完了，也表达不完深情。这得说多少话，又要用多长时间呀？

这是没时间与话语长短界线的。

梦中的留恋，还有失落。梦的空间无边无际，失落是情怀。

这是对故乡的情。这种情有摇摆性；这种情是复杂的，有着苦恼与不甘；这种情好像还有着隐隐的伤痛。

这首诗的第二小节中写：仅是朝霞和春风吗/不　还有疾风暴雨/同你一起/惊慌失措地闯进我的生活/那段悠悠岁月/延伸着未知的沉浮/每个十字交叉口/都有我书写的忐忑。这里指的是在故乡度过的岁月不只经历了开心的事，也有不开心的事，生活并非一帆风顺。在漫长的生活岁月中，人生总是起起落落的。

人生的每一个结点都有着复杂的情绪。

这个小节的诗意深刻反映出作家对生活的认知。

这首诗的第三节中写：当然/我默念你的/不只是彷徨与忧伤/还有千年不变的欢乐/直到今天/我仍无法评判是对还是错。这里指的不完全是乡路了，而是作者对自己以往生活的判断，走过了人生一段路程，遇到过许多开心与不开心的事，感受到了不同时期的风景，对人生感悟就更深了。

诗中写的是自我安抚，不管对错，辛酸苦辣都经历过了，磨砺中没了棱角与个性，有些淡然了。这样的情绪不是唯一，很多人都有。比如后悔不应该做了某些事，后悔没做某些事，比如应该得到什么样的回报，而没得到等等。

总体而言，《乡路》这首诗的感情是饱满而又忧伤的，如同一首思念故乡的歌，读起来没有欢快，只有反思与深情。

我在读作家杨庆发的诗作《乡路》和《故乡的风》时，不只是想到了余光中先生的那首《乡愁》，还想到了那首《梦驼铃》的歌。

歌中唱道：

攀登高峰望故乡
黄沙万里长

何处传来驼铃声
声声敲心坎
盼望踏上思念路
飞纵千里山
天边归雁披残霞
乡关在何方
……

这首歌从问世以来,在过去的几十年风尘岁月中已经由张明敏、费玉清、曲作者谭健常等多位著名歌星演唱过,可谓是在歌坛经久不衰,成为了经典。

我认为歌曲《梦驼铃》的成功在于表达了对乡情的倾诉。

那么,作家杨庆发写的《乡路》和《故乡的风》,又体现出了什么呢?

作者生活在内蒙古自治区的赤峰市,那里也许离草原还有一段距离,可属于关外塞北是毫无疑义的,塞北天苍苍野茫茫的景观是存在的。他写的《乡路》和《故乡的风》诗,其情其意也是浓郁的,深深地感染了我。我心动了,想唱有关故乡的歌。

有关故乡的歌有许多,如《故乡的云》和《在希望的田野上》等。虽然曲风不同,唱法不同,但情真意切,有共鸣处,能感动人。人们为什么喜欢这样的歌呢?主要是每个人都有这样的情怀。这是生来就会在心中发芽的种子。

我希望作家杨庆发先生这些有关乡情的诗,能如同《梦驼铃》《故乡的云》《在希望的田野上》等歌曲那样受读者喜欢。

发表于2018年第5期《百柳》杂志(内蒙古赤峰市文联)
发表于2018年第3期《新州文学》杂志(内蒙古赤峰敖汉旗政协)

附:杨庆发的诗

1. 阅读江湖

初入江湖
读到的
是一部山花烂漫的书
它酝酿着诱惑
又充满着刺激
怀揣着憧憬
用采集鲜花的心情
品尝着万花筒般的经历

人在江湖
读到的
是一部难解的书
饱尝了人在江湖
身不由己滋味
江湖险恶
实难预测
只能无奈地
动用喜怒哀乐
洗涮着一纸苍白的躯体

隐退江湖
还要续读
那部没有读完的书
背负着一路沧桑
撬动豪迈的步伐
丈量着走过的路
填补着
早已满目疮痍的心绪

2. 绚丽的明日

黎明前
是否还那么黑暗
如果不是
就应该透出光芒
让前方的道路灿烂无比

晨辉里
是否还那么阴霾
如果不是
就应该洒下甘露
让禾苗得到润泽

烈日下
是否还那么酷热
如果不是
就应该撑起漫天遮阳伞
让世间生灵凉爽安息

夕阳后
是否还布满错觉的天空
如果不是
就应该让云朵披上五彩霞光
给世界一个绚丽的明日

杨庆发:笔名冬杨。大学毕业。内蒙古作家协会会员。已创作出版三部长篇小说《鹿鸣岭下》《血色的清晨》《寻你到天边》创作一部20集电视剧剧本《乡里来个检察官》和三部电影剧本《山杏坡》《我的祖国》《守望家园的孩子们》。

有一种意念在现实与期待之间闪现

——读刘啸诗有感

我跟刘啸先生不认识，以前没听说过他的名字，也不曾知道他在写诗。当他的诗在《崂山文学》上发表后，他的名字和他的作品吸引了我的目光。随后我在《北极光文学》上编发了他的《家乡的苇》组诗。我感觉他的名字和他的诗作同样有特点，刘是姓，啸是“虎啸山川”之意。我们的名字不是由自己决定的，而是寄托着父母对我们的希望与期待。我们行走在人生路上，从童年、少年，到青年……无时不在努力，在向着美好的人生环境发展、前行，不想让父母失望，也在给自己的生活寻找好的定位。

虽然我们在努力，但结果未必都能如愿。不努力肯定不会有好的收获，努力了，就有收获的可能与希望。

刘啸先生的名字有“虎啸山川”的用意，可他的诗作却如同大家闺秀一样温情、婉约……初读他的诗作感觉不像是男性作者写的，诗句中充满女人的性情。可再读，再品，感觉跟女性作者的作品又有不同，渐渐便感觉出这是一位绅士的男性诗作者。他的诗作与名字有点不符。

我的感觉没错，他确实是位绅士男性诗作者。他的职业是教师。他是一级教师，并且是当地的名师。他在工作中和教学方面已经很优秀了，这样的诗作者写出的诗就会与别的诗作者不同。

我个人把诗作者分为三个类型。第一种是学者型的。第二种是专业型的。第三种是放荡不羁型的。第一种所谓学者型的就是有很深的文化修养，是利用业余时间在写诗；第二种专业型的就是指文化修养不算深，但把写诗当成职业，边写边学；第三种放荡不羁型的就是指没有固定职业的人在写诗，这种人什么风格的诗都敢写，什么话都敢说，写出了诗，说出了话，不太考虑后果。我给诗作者分的类别不一定正确，但这是我的观点。

我认为刘啸先生是学者型的诗作者。我对他的认定来自于他的诗作。比如他在诗作《画一条河流》中就体现出了这种内在的文化修养素质。他这么写着：

在一张泛黄的记忆里
画着画着
就进梦乡了
河流越发古老
绕几道弯
才能绕过家园
几座小木桥
谁能画出它吱吱呀呀的吟唱
桥上人
观瞧垂钓
唯有无拘无束的波浪
可以画出三月清明
江南样子的细雨
放斜了燕子的翅膀
一群鱼
该如何游过
才是少年恣意的放浪
还有那曲折攀缘的石阶
最令人惆怅
浣衣的女子早已归去
我怕生情的笔
叫醒她们羞涩的乳名
怀恋的依然是水
这支生涩的笔
千呼万唤她们的温柔
如果能枕一幅画入梦
母亲的臂弯
会伸过来
如同一条河流
围绕着我的生活

我在读这首诗时内心涌起无奈的柔情，作者写：在一张泛黄的记忆里/画着画着/就进梦乡了/河流越发古老/绕几道弯/才能绕过家园/几座小木桥……通过诗句，我能感受到作者是在用一种意念倾诉对家园的感情，对母亲的依恋。家园在我们的人生中占据着非常大的位置，在情感的天平上分量很重。母亲是我们生命的来源地，是人类繁衍的生命地，是生命之根。作者写道"画着画着，就进入梦乡了"这样的诗句太过于温情了，温情到没有男性的味道。我们知道女性诗作者会有表达，而男性作者如果"画"累了，就会伸个懒腰，睡觉去了。当然，作者在这里并不是真的在写绘画时的场景，而是在写梦境、幻觉、意念。我们知道男人到了中年以后是很少做梦的，假如做梦也很少做跟绘画有关的梦，绘画是一种艺术，也是一种专业。作者能在梦中想到绘画，想到家乡的河流、母亲及家乡的场景，这是一种柔情的境界。

作者在这首诗的结尾处，这么写着：浣衣的女子早已归去/我怕生情的笔/叫醒她们羞涩的乳名/怀恋的依然是水/这支生涩的笔/千呼万唤她们的温柔/如果能枕一幅画入梦/母亲的臂弯/会伸过来/如同一条河流/围绕着我的生活。

我想这么柔情的诗句如果出自女性作者大家不会有太多的惊喜，但出自中年男性作者就太让人感到意外，别具新意。

刘啸先生之所以能写出这么温情的诗句，我想主要是跟他的学识有关，不然可能想也想不出来，更不用说写了。

如果说刘啸先生在《画一条河流》的诗句中体现出了有别于其他男性作者的视角、性情，那么他在《乡下的黄昏》这首诗中又对自己的这种特点有了进一步展示，使这种婉约的意味更浓了。

你虚掩着黄昏
枫叶静静沉入大地
蝙蝠的翅膀
在一张纸上燃成灰烬

还是那颗星，如初明亮
背对着西风
怀念眼前的一切

我们的指印还留在那里
仿佛你每摸一下心跳
都在安抚一个比喻

东边的山坳越来越低
每次月亮升起的时候
我就有将这个信息告诉你的冲动

作者在《乡下的黄昏》这首诗中的第二小节中写道:还是那颗星,如初明亮/背对着西风/怀念眼前的一切。我在读这段诗句时,好像处在风吹、月明的夜晚,看见一位温情的女子独坐在那里想着心事……在这首诗的第三小节中作者这么写着:我们的指印还留在那里/仿佛你每摸一下心跳/都在安抚一个比喻。如果说是指印,这是不分男或女的,可是抚摸心跳,这个微小动作,多数是女性妩媚的举止。如果男人坐在那儿,欣赏着风景,轻轻抚摸心跳,感受这种情感的美妙,这是多么细心、多情、真挚的男人啊!

其实作者在《乡下的黄昏》这首诗中仍然是在写一种意念,而不是真实的描写。因为黄昏时天光还亮,星星也没呈现在天空中,假如星星呈现在天空中了,因为天光亮,也会失去原有的亮度与视觉。并且作者在这首诗的结尾处,这样写着:东边的山坳越来越低/每次月亮升起的时候/我就有将这个信息告诉你的冲动。这几句诗句足能证明天还没黑下来,虽然视线模糊,但月亮和星光不会那么明亮,证明此时依然是黄昏,但这跟诗的主题不矛盾,只是看上去跟这首诗的第二小节有点矛盾,这是诗的艺术特点,这是一种意念性的表达,有时在诗句之间看上去矛盾,其实也是合情合理的。这么写不违背诗歌创作的手法。

我在读刘啸先生的诗后,好像思绪在跟着他的诗句游走。他的诗句如同一位温情的女子,那么柔情,但留给我的是背影,而不是俊俏的面容,背影带着迷惑,更能吸引我的目光。我的目光追随背影而去……我的这种思绪是由刘啸先生的诗句造成的,有点恨他,有点爱他,又有点想与他相约。

我在跟刘啸先生交流时对他说,你的诗有特点。

他多次说,我能行吗?

我说,你行。

他说，我总感觉自己不行，认为写不出好诗。

我能感觉到他的迟疑，他在担忧自己的诗作不被读者认可，不被社会承认，不被编辑青睐。他虽有这种担忧，但也没有停止写诗，也在不断投稿，在寻找发表机会，这证明他是处在犹豫不决中，有些优柔寡断了。这不像男性诗作者的性格。这让我想起了莫言先生在《红高粱》中写的一段话："妹妹你要大胆地往前走，不回头……"我把这句话改动后，送给刘啸先生：刘啸先生，在诗歌创作的路上，你要大胆地往前走……

无论多么好的诗句，不发表，不传播开，没人看到，都是失败。

比如巩俐和章子怡如果不出名，没走上舞台，不管演技多么出色，容貌多么漂亮，都不会吸引那么多人。实际上在我们的生活中有许多比巩俐和章子怡更漂亮、更睿智的女子，只是没成名，没机会成名，才没得到众人关注，才不被人知道，从而被岁月尘封了美好的年华和才智。诗作者也是如此，如果写出的诗被尘封在岁月中，才华就失去了闪光处。

又比如一位漂亮的年轻女子，虽然睿智，但不生活在人群中，不生活在都市里，而远离人群，住在大山深处，或在寺院出家，谁又会知道她的美貌与睿智呢？当岁月远去，容貌老去，再想发挥自身优势，已经为时太晚，不可能了。

刘啸先生，你的诗有意念特色，可以在创作方面借鉴演员李玉刚，以男性情怀写出女性也写不出的柔情、婉约、深情、缠绵，或许读者会爱读，或许会传播更广，或许能在现实与期待之间不断闪现光芒。

发表于2019年第2期《牡丹》杂志（山东菏泽文联）
发表于2018年第4期《故道》杂志（江苏盐城滨海文联）

附：刘啸的诗

1. 老　宅

临水而居。那时的水
载着稻脂流白
你在最后一缕春风里
目送江南
转身
再也找不回自己

杏木做的窗棂
堆满烟色
多么精细的瓷盏
已走不进寒暄
一件旧式灰色长袍
低眉在夕阳

思念
远行的主人

流水
放远了桨声和灯影
洗白了
瓦上的蓝
砖面的青
柱子的红

一孔古老的桥
梦中坐回石墩
静静回忆
河流的名字

2. 家乡的莲花又开了

红莲又开　三伏天又来
光阴和词语
在水的故乡里修行
而我,还是忘记了,自己
究竟是哪一个朝代的鳗鱼
我在四方游走,是否
参悟了忧乐
小舟从此逝
那时的莲花,落在
眉眼盈盈处
你说,你要守着暗处的寂寞
念思念的苦和空
念万千繁华妙境
你说,你要等火中涅槃
渌水生根
等我的眼睛,在六月里复明
然后,开出漫天的菩提
可是,故乡啊,我还是忘了
梦中的那条水路
一朵莲花绣在衣襟上
我抚摸着的,是母亲
针尖上的痛

3. 路遇一朵向日葵

它的目光
托起每一个太阳
让天空的蓝,此刻更蓝
让大地的光芒
一寸寸攀升

我和你一样
心中埋着一千颗种子
手握夜
高处的拔节声
盼悄然而至的黎明?
我们用金色罗盘
刻度天穹升起和坠落的方向
让季节,翅膀,誓言,田垄,跑道
像古老的箭应弦而出
画一道优美的弧线

那低头温柔的大海
怀抱着
一千颗饱满的善因
和善果

刘啸:山东省微山县人,高中教师。爱好诗歌,有部分作品在报刊或网络平台发表,并获得许多诗朋好友的关注和好评。系《中华文学》《家乡》杂志签约诗人,中国诗歌学会会员。

光阴轮回诗情依旧

——诗人刘勇的创作历程

贵州诗人刘勇是土家族，除了诗人的身份，他还是文学学士、高级政工师、贵州省作家协会会员……身上光环可谓较多。

据他自己介绍，大学毕业不久，他便出版了诗集《我要推销自己的美丽》，随后又出版了散文集《梅青杏黄》。我推测他大学毕业应该是近30年前的事了，因为他的女儿今年已经大学毕业参加工作了。他与女儿是生命的轮回。这么一算，他出版诗集和散文集都是近30年前的事了，他出版作品的时间确实很早。

我们素不相识，远隔万水千山，但彼此信任。人活在世上是相互依存的，他相信我，我也相信他。这么着，诗人刘勇的作品便进入了我的视野中，透过他的作品，我也想走进他的生活。

刘勇先生在他的《时光》一诗中这样写着：

爷爷为父亲布置了任务
让父亲一步一步地
完成 然后
爷爷不见了

父亲为我布置了任务
让我一步一步地
完成 然后
父亲不见了

我为子女布置任务了
让子女们一步一步地
完成 然后

我也会不见的

无休止的任务完成后
剩下的只有历史了

我在读过刘勇先生这首《时光》后，有点心痛，有点焦虑，也有点茫然，好像心被这首诗的意境揪起来了，空落落的无处安放。

这首诗的第一小节写：爷爷为父亲布置了任务/让父亲一步一步地/完成/然后/爷爷不见了。单看此处诗文，显得过于朴实无华，爷爷、父亲，这是每个家庭中称呼最多的名词组合之一，但随着下面几个小节的展开，诗意便渐浓，哲理便渐深。爷爷给父亲布置了任务，然后爷爷离开了人世。这是生命的接力。

生命的接力是一代传承一代。

在诗的第二小节写：父亲为我布置了任务/让我一步一步地/完成/然后/父亲不见了。这首诗的第二小节，语句与第一小节的语句区别不大，诗意也相同，不同的是爷爷的位置由父亲接替了，爷爷做的事由父亲做了。父亲的人生结局跟爷爷类似，在完成职责与义务后离开了人世。

在诗的第三小节写：我为子女布置任务了/让子女们一步一步地/完成/然后/我也会不见的。在这节诗句中我接替了父亲的职责，并且说出了我的结局与父亲和爷爷的结局是相同的。这第三小节的诗句跟第一小节和第二小节没有大的区别，如同在重复，只是第三小节的诗意要比第一和第二小节略深些。因为诗中写“我”会与父亲和爷爷同样离开人世的。

虽然生老病死是人生的自然规律，但当自己意识到这样的结局后，又无遮掩地说出来，心情或多或少会有些沉重。

这首诗的第四小节只有两行诗句：无休止的任务完成后/剩下的只有历史了。这句是《时光》这首诗的重心。诗句中用了“无休止”一词是在说这种任务是没完没了的，好像人生只有走到尽头时才能终止。

诗句中“剩下的只有历史了”这是在说生命的痕迹，也就是在生命离世后留存下的是那些做过的事。

刘勇先生在《时光》这首诗中，如同给人生的行程画了一条路线图。

人生原本就是一条路线图，从出生到死亡，活着只是个过程。在这个过程中是分不同时期的：婴儿时期在父母的照顾下只会哭闹；幼儿时看着世界心中充满好奇；童年时无忧无虑而欢快地玩耍；少年时心中怀揣梦想，开始读书；青年时走上了人生奋斗的历程；中年时上有老下有小，背起生活的十字架，为生计操劳；老年时如同西沉的夕阳，渐渐回归人生的起点。

刘勇先生写的这首《时光》，如同是在写人生的行程，只是没写得这么具体，只写出了人类的传承。诗的语句有限，不可能写得那么具体。这首诗看上去简单，内在的哲理却远远超出了诗文的艺术性。诗中对人类的传承、阐释应该是《时光》这首诗的核心价值所在。

刘勇先生的《读书》这首诗，在文笔的运用上也是值得推敲，细细品味的。他在《读书》这首诗中这样写着：

母亲把希望缝在书包的背带上
断了好多回
母亲也缝了好多回
书包里装的是书
和大人的知识
好像不是自己的
我只负责背着背篓似的书包
在学校和家之间来去
顺便拾些稻穗和柴草

在背坏了几个书包后
不用再背书包了
我才把知识攥在手里
有了知识才有了向往远方的一扇门
从母亲的门走出去
完成一次华丽转身的任务

从这首诗的题目来看，我们会觉得太普通了，离我们生活太近了，稍微有点知识的人，稍微有点上进心的人，就喜欢读书。但诗中写的读书不是我们每天看书时的读书，而写的是上学，在学校读书。虽然是写学生读书，但没写在课堂上读书，而是写走在上学的路上，走在求知的路上。读书是静的，走在去学校的路上是动的，动与静是有反差的，意境不同。从家里通往学校的路一般不会太远，或许非常近，但是在这么近的路上也会发生意想不到的事。当然诗中写的是平静的生活规律。

在诗的第一小节中作者写道：母亲把希望缝在书包的背带上/断了好多回/母亲也缝了好多回/书包里装的是书/和大人的知识/好像不是自己的/我只负责背着背篓似的书包/在学校和家之间来去/顺便拾些稻穗和柴草。这节诗文写出了母亲的希望，也写出了生活的艰难。书包带断了好几回也没买新的，而是母亲缝好了，接着用。

诗句中写出了知识与自己的关系。虽然书包里装的是书，可那些知识是大人的，不是属于自己的，而自己只是背着书包从家里到学校，再从学校返回家里的人。“和大人的知识”一句点明了那些知识还只是大人们知道的事或学问，而自己不懂，写出了求知的过程。而后面的“顺便拾些稻穗和柴草”则说明作者是生活在乡下的村庄里，家中生活条件不是很好，使从小就养成了勤俭的生活习惯。也写出了作者是懂事较早的人。

在诗的第二小节写：在背坏了几个书包后/不用再背书包了/我才把知识攥在手里/有了知识才有了向往远方的一扇门/从母亲的门走出去/完成一次华丽转身的任务。这节写出了生活的变化，成长的过程。在背坏了几个书包后，不用背书包了，这是说已经结束了学生时代，开始步入社会。年龄的成长与知识的积累是同时发展的，在知识积累到一定程度时，自己也长大了，到了自食其力的时期，这时应该用学到的知识寻求发展机会。

因为有了知识，就可以选择更好的生活环境。

知识在乡下有时没用武之地，人如果想改变生活，想发挥知识的作用，就得离开家去远方，到更广阔的社会空间中寻找工作和创业的机会。

离开家，远离母亲，生活环境就发生了大的变化。这种变化是高度的提升，生活品质的提高。

刘勇先生写的这首《读书》诗，主要是写求知的过程与结果。看上去较为简单的事情，经过他的精心创作，就成为了一首好诗。

刘勇先生的《事业》这首诗写得也情意饱满，读后让我心情产生了波动。这种情感波动是缓慢的，如轻轻触碰似的，随着诗文不断变化。他在这首诗中写道：

父亲交给了我两样东西
锄头和笔
我心里选择了笔
可行动上还是选择了生计
锄头为了生计叫劳动
劳动为了致富叫事业
生计是劳动的低水平阶段
致富是劳动的最终目的
维持生计的是苦累
创造财富的是智慧
当一个人的劳动登上巅峰
就是事业的辉煌
但不是每个人的劳动都叫事业
也不是每个人的事业都会辉煌
智慧决定事业的高度
成就决定事业的辉煌
事业会有许多羁绊
像群山一样起伏不定
当你站成一座山峰
你的事业已成形
定格成一道风景

刘勇先生在《事业》这首诗中写到了父亲交给我"锄头和笔"，笔是带有理想色彩的，但与现实生活有点遥远，一个普通的农民用笔挣钱是无法保证生活的。锄头是农民生产劳动中的工具，诗中说的"锄头"只是象征性的代表，其中的意思应该包括其他劳动生产工具。父亲让作者在"笔"和"锄头"之间做选择，作者选择了"锄头"，这是明智的选择。

诗中明确写出了选择锄头是为了生计，并且说出这种"生计叫劳动"。

接着,作者又写到劳动是为了致富,“致富叫事业”。从“劳动”到“致富”是名称的改变,这是台阶式的提升,转换。这是生活的目标。

诗中写维持生计是苦累的,创造财富要运用智慧。这是把劳动与事业划分成了不同等级……诗文围绕着劳动与事业展开,用辩证的手法写着。

虽然《事业》这首诗,朴实的文风没变,但在文笔的运用方式上与前面的《读书》和《时光》两首诗是不同的。他在《时光》和《读书》这两首诗中是依照顺序写的,写出了人生的哲理,而《事业》这首诗是用辩论的方式在写。

读过刘勇先生的《事业》、《时光》和《读书》三首诗后,如同吃过一顿丰盛的农家宴那么平淡而回味无穷。他的诗体现出了生活原有的味道,诗句朴实到一点修饰也没有,如同俊俏的女子不化妆,只是梳洗干净,站在风景秀丽处,美到让人无法赞叹的程度。从这些诗中,我们也能感受到他是有责任感的。

提到刘勇先生,我不由自主地就想到了他的女儿刘骏娇。虽然刘骏娇今年大学刚毕业,才步入社会,但已经在《当代贵州》杂志社任职了。这么年轻,这么好的职业,又是自己钟爱的职业,可谓前途一片光明。她应该是继承了父亲的智慧与基因。这也跟刘勇先生对女儿的培养息息相关。刘勇先生遇见发展的机会就为女儿着想,这是做父亲的责任感。

他不只是诗人,还是位好父亲。

刘勇先生在《时光》一诗中,好像就是倾诉这种感情似的。生命就是这样一代传承一代。他年轻时已经出版了作品,现在女儿又开始写诗了,女儿继承了他的爱好,沿着文学之路继续前行。光阴轮回,创作诗歌的激情在传承,这是多么幸福的人生旅程。

发表于 2018 年第 4 期《故道》杂志(江苏盐城滨海文联)

附:刘勇的诗

人生的课程

人生的课程是语文
一生都在寻找因果报应
人生的课程是数学
一生都在寻找等量代换
人生的课程是化学
一生都在寻找组合联结
人生的课程是物理

一生都在寻找引力方向

因果表明破窑赋生《大风歌》
《大学》《中庸》吟诵《道德经》
《谏言》《呐喊》读《资治通鉴》
诗词曲说终需《史记》
人生的课程繁多
至死不能穷尽
当再生努力博学
以达自我之巅

等量喻意角色转换
竞争角逐优胜劣汰
过程的演算如经风历雨
可以计算但千万不要算计
千万不要葬送自己
人的立体智商应该归于平面
而人的平面外交
则在立体中永生

组合蕴藏机缘化合
分解裂变团队合力
团结如朋才会伟大如海
无需否认裂变会带来爆炸
但这是实验室的杰作
不应该在平静的海面嚣张
我们的人生需要正能量
我们的世界需要的也是正能量

引力包含运动推进
阻力来自气息不畅
张力源于内心膨胀
事物飞升有多高
落体就会有多远
人生的迂回是为了前进
只有充足的体能
才会产生源源不断的动力

厚积语文
积淀做人的原则
推演数学
延伸经济的发展
分析化学
开发组织的合力
学会物理
把握上进的方向

人生的课程
才会做对一道道选择题
才会写出闪光的篇章

刘勇：男，土家族，文学学士，高级政工师，系贵州省作协会员，清镇市作协副主席。已出版个人诗集《我要推销自己的美丽》，散文集《梅青杏黄》。

春光美

——读汪海林组诗《春天的样子》

这组《春天的样子》是广东省佛山市汪海林先生创作的。读这组诗能一目了然地感受到春天灿烂的阳光与美的意境，能感觉到季节变换的微妙。全年的季节分别由春、夏、秋、冬四个季节组成。不同季节有不同季节的风景，各有特色，相互不可替代。提到春天就会有焕然一新的感觉，提到夏季就会感觉到炎热，提到秋天就会想到树叶飘落，提到冬季就会想到寒冷。不论哪个季节都是自然界不可缺少的组成部分，不论哪个季节都有无限的美景，人们只是根据个人兴趣来选择喜欢的季节而已。汪海林先生喜欢春季，选择了以春季作为创作背景，创作了《春天的样子》组诗，每首诗的创作都是以春天为背景，让我还没有读诗，就感觉到了春季的风景。我随汪海林先生的诗句进入了这个春季，感受着春季的美好。他在《春天的样子》一诗中写道：

春天已经来了很久
我端详一朵花
静水流深
爱在蕊里

脚印是光阴的镜子
照见昨日的容颜

如果你的笑
是幸福的样子
那么所有的春天
就是你的样子

汪海林先生把《春天的样子》这首诗放在了组诗的首篇，我想这是他对春季的观察与感觉比较细心，有所顿悟，想释放一种对春季的情怀。

这首诗的题目包括多方面，覆盖面较为广泛，含义也较深。诗的第一节写：春天已经来了很久/我端详一朵花/静水流深/爱在蕊里。诗句轻盈、易懂，前两行诗句是写春天到来很长时间了，作者在端详一朵花。春季是百花争艳的季节，鲜花一片一片地相互簇拥着，形成花的世界，很少独自绽放。汪海林先生为什么写“端详一朵花”呢？通常是写观赏花的，诗中却用了“端详”一词，因为“端详”比“观赏”更细心，更入情。

随后的“静水流深/爱在蕊里”两行诗句写出了神情的状态与深度。诗中写的“静水流深”不是真的水，也不是时间，应该是当时的状态。而“爱在蕊里”这是指深度。“蕊”是花的中心，应该是爱到了最深处。

这节诗文写出了春天来到时的心情。

第二小节写：脚印是光阴的镜子/照见昨日的容颜。这节只有两行诗句。第一行写的“脚印”是比喻，是用来映衬光阴的。后一句“照见昨日的容颜”是在给前面的诗句作补充，进一步说明前一行诗句的观点，也是对“照见”的阐释。“照见昨日的容颜”是指昨天的生活，也可以理解为流逝的岁月。

只从这节诗句来看，看不出跟春天有关的痕迹，似乎与主题无关。如果联想第一小节，就能感受到其与主题的相关性，但只是感受到而已，浅议，不明显。

这节诗意是表达对岁月流连的心情。

第三小节写：如果你的笑/是幸福的样子/那么所有的春天/就是你的样子。这节诗句写出了人的心情，用心情反映春天的新鲜气象。也可以理解为是用春天在反映生活的美好。

诗中用了“如果”一词，说如果你的笑是幸福的，那么春天就是你的样子。这是设想，有着不确定性，如果联想到第一小节的“端详”，就会发现二者是相关联的。

这节写出了春天是开心的季节，如同微笑的面容。

在《春天的样子》这首诗里，从第一节的“端详一朵花”，到第二节的“照见昨日的容颜”，再到第三节中的“所有的春天就是你的样子”，整首诗的语句都在忽远忽近围着春天转，虽然诗不长，但已经体现出了作者创作这首诗的心情。

如果说汪海林先生在《春天的样子》一诗中写出了春天的面貌，把春天写得愉悦、生动，那么他在另外一首《在春天》的诗里，又表达了什么呢？

我阅读文学作品主要看文章的流畅性，体现的内容及语句组成的艺术结构，也就是人们通常所说的文章风格。

读小说和散文是这样，阅读诗及其他体裁的文学作品也是这样。

我在汪海林先生所写的《春天的样子》一诗中找到了这种感觉，那么他创作的《在春天》这首诗，读起来又会是怎样的心情呢？这首《在春天》是这样写的：

我要赤足在泥土上舞蹈
端着春天的酒杯
畅饮时光的馈赠

不用刻意安顿明天
在春天
所有相遇的人
都面若桃花

隔着河流说再见
然后各奔前程
在春天
一些伤口来不及痛
就已经长出了花

诗的第一节写：我要赤足在泥土上舞蹈/端着春天的酒杯/畅饮时光的馈赠。我们从诗句中能感觉到作者的心情。作者刻画的场景如同在欢庆某件大事，如同在答谢给过恩赐的人。如果这是在为春天的到来狂欢，庆祝，这讲得通；如果这是在答谢春天送来了美好的时光，也是合乎情理的。

这节诗句写出了春天到来时人们想要做的事。

诗的第二节写：不用刻意安顿明天/在春天/所有相遇的人/都面若桃花。这节诗句有着理想观念，寄予了生活的美好。在春天里不用刻意考虑明天应该做的事，因为每个人的心情都很好，面色如同桃花那么灿烂，事情会事事如意。这是超现实主义描写，因为现实生活中不可能所有人都没忧愁，都是满脸笑容。

诗的第三节写：隔着河流说再见/然后各奔前程/在春天/一些伤口来不及痛/就已经长出了花。这节诗句表达的意境值得推敲，也必须推敲，不然难懂其意。

第一行“隔着河流说再见”，这是写谁与谁分别呢？分别时中间有河吗？如果没有河呢？我认为汪海林先生在创作时应该想到了现实与理想之间的区别。诗中写的不是真河，而是假设有这么一条界线，用界线呈现分别时的场景与心情。

接着写“然后各奔前程”，“各奔前程”与“分道扬镳”的意思相近。诗中写的是结果，这样的结果有着中断和决裂的性质。诗文不拖泥带水，干脆利落。虽然结束了一段感情，但没一丝伤感，心情很好。现实生活中不论是友人的绝交，还是情人的分手，或是亲人的反目成仇，多少都会产生情感波动，但在这首诗中没伤感，不只是没有伤感，反而好像是激情的告别。读到此，我不禁思考，为什么作者表达的是这种情绪。是在“各奔前程”之前，伤害过大了，没了感情，而产生了冷漠呢，还是根本就没感情基础呢？我绞尽脑汁在这两行诗句中寻找，但没找到答案。那么只能往下读，看下面的诗句中有没有这种感情变化。

诗中接着写“在春天/一些伤口来不及痛/就已经长出了花。”这几行诗句把前面的“隔着河流说再见/然后各奔前程”进行了分化，补充。证明分别时是有伤感的，是有悲恸的，但这种伤感与悲恸还没来得及发生作用，还没影响到情绪，就被春天的美好融化了，并且变成了对美好生活的展望。

第三节表达的诗意是春天不只呈现美好的时光，还能包容人们的不快与悲伤。如果有了不愉快与伤感，也会被春天的美好遮掩过去。春天如同精神良药，起到了疗伤作用。

这首《在春天》的诗主要反映着人们的精神风貌。

汪海林先生把《在春天》和《春天的样子》两首诗写得很美，很动情，这种美，这种情，能看得见，能感觉到，即使不是在春天，不在这美丽的风景中，也能让人如同身临其境。那么他在《春分》这首诗里又想表述什么呢？

汪海林先生在《春分》的诗中写着：

我用身体里的闪电
来应一场春事

我用指尖的火焰
来燎原时间的动词

我不断修辞
让黄昏接近黄昏
让大地荡漾羞色

微笑着
为脚边的蚂蚁让出路
为路过的风
交出一条河

这首诗的第一节写:我用身体里的闪电/来应一场春事/我用指尖的火焰/来燎原时间的动词。这绝对是夸张性的表达。前两句是写春天来了,从内心深处产生了激情。身体里是不可能出现闪电的,诗中写的闪电应该是感情的释放。这种感情应该是因春天来了,神采与别的季节不同,产生了如同闪电般的激情。

后两句也脱离了现实,带有理想性。指尖上是不可能有火焰的,时间也不是用火焰燎动运行的。那么诗句中写的又是什么意思呢?我推测指尖上的火焰应该是指来自内在的精神与气质,用精神与气的神态来触动时间的指针。

第二节写:我不断修辞/让黄昏接近黄昏/让大地荡漾羞色。这节诗句有着强调性作用。比如“让黄昏接近黄昏”有意在同一行诗句中重复出现同一词组,重复的作用是强调,加重诗意。前一句“我不断修辞”是表达使用的方式,后一句“让大地荡漾羞色”是呈现。

这节诗意是表达对美的期盼。

第三节写:微笑着/为脚边的蚂蚁让出路/为路过的风/交出一条河。这节诗意较为简单,从直观就知道是写心情。前两行写微笑着给蚂蚁让路。微笑是表情,也是心情的流露。为蚂蚁让路是做法,也是行为,但这是假设的做法与行为,人在现实生活中不可能这么做,因为没必要给蚂蚁让路,蚂蚁也不需要为其让路。

后两行诗句“为路过的风/交出一条河”写得远离生活,没实质性,如同幻想中发生的事。风是无处不在的流动气体，人不是高大的建筑物，没有遮挡风的能力，风不需要人给它让路，风能肆无忌惮地穿过人体站的位置。但诗中写的不只是让路，还得“交出一条河”，显然这条河流是不存在的，是虚幻的，那么这条河流指的又是什么呢？我推测诗中写的河流应该是时光。

可以把这节诗文理解为在这么好的时光里，心情是那么好，可以不在意任何事物的存在，只沉浸在幸福的生活中。

这首《春分》是在借助风景写人的精神面貌与心情，没过多隐含用意，优点是情浓意真。

我在读过汪海林先生的《春分》《在春天》《春天的样子》这三首诗后，整体感觉是诗句纯净，舒畅，好读，容易理解。

这样的诗风从古至今在诗界都占据着重要地位。比如唐朝诗人武元衡写的《春兴》这首诗：杨柳阴阴细雨晴/残花落尽见流莺/春风一夜吹乡梦/又逐春风到洛城。这也是写春天的诗。年代不同了，人类进步了，现代诗在古诗的基础上发展了，优点传承下来，形成了新的诗风。

汪海林先生的诗继承了传统诗的简洁，易懂，语句的美，但空间更广了。

我读汪海林先生的诗时，不自觉地就想到了他的人，耳边响起了他说话的声音。如果我没记错的话，我跟他只通过三次电话，并且每次通电话时间较短暂。他的声音很有磁性，让我记得深。他话语中带着欢快和愉悦，跟他交流起来轻松而舒心。他的普通话中带有广东方言余音，但方言已经被愉悦遮掩住了，只流露出点点痕迹，丝毫不影响交流。我感觉他性格是阳光的，如同他写的诗一样温馨。

有一次我跟他通电话，他父亲生病住院了，他在医院里照顾父亲。他不急不躁，没有悲伤与失落的情绪，心情还是那么好，与这么阳光的人交流心情能不好吗？

我认为正是因为有这么好的性格，他才能写出这么舒心的诗句。

诗的语言是由心情、灵感和思想组成的。拥有什么样的心情就容易创作出什么风格的诗。

我读汪海林先生的诗，宛如静听流行歌曲那么入情。这让我想起了香港歌星张德兰女士 1986 年在中央电视台春节联欢晚会上演唱的《春光美》那首歌。歌中唱着：

我们在回忆，说着那冬天/在冬天的山巅，露出春的生机/我们的故事，说着那

春天，

在春天的好时光，留在我们心里/我们慢慢说着过去，微风吹过冬的寒意/我们眼里的春天，有一种神奇。

啊，啊，这就是春天的美丽……

虽然香港歌星张德兰演唱《春光美》这首歌已经过去三十多年了，可美妙的歌声依然回绕在耳边，如同今天刚听见一样。那么汪海林先生创作的诗，再过三十年、五十年、八十年……是否还能被人们记住呢？

艺术的价值在于生命力。

生命力是用时间验证的。

虽然我无法预测汪海林先生在文学创作方面以后的发展与高度，但我祝愿他走得顺心，在创作方面越来越好。

远握。

附：汪海林的诗

1. 北江的黄昏

风从北江而来
黄昏有着极细腻的颜色
它解析着光线
让一首诗温柔流淌
远处是黛色的山
更远的人间在暮色后面
那些红蜻蜓振翅来回轻掠
仿佛日子晃动的影子
我该成为黄昏的一部分
一步步把呼吸交给河水
一些脆嫩的灯火会次第长出
如同夜色闪亮的触须
这长长的堤岸
多像缓慢的一生
接受闪电和河流的老去
从一段光，步入另一段光

2. 北江之夜

起初是风
后来是灯光
最后是点点星辰

向晚的河流重复着韵脚
无数下沉的日子
浮泛冷暖的感知

一场夜色
切割光阴的暗喻
黑暗中有闪烁的动词
垂钓起欲睡的人间

3. 我们总是守口如瓶

对于一些花开
我们总是守口如瓶
替夜晚
守住归来的秘密

人间的栏栅密不透风
谁能劈开多余的豁口
生活手持风形的利刃
在你默然间
剖出黑夜黎明
刻下尘世光影

4. 春　雨

时间的芬芳汹涌而来
我在一滴柔光里
照见自己

多么美好的人间
雨水清澈
像年少时
喊一个人的名字

我打伞从春天走过
枝头上探出的花蕾
有着欣喜的未来

5. 春天的一场雨

这是春天的一场雨
她轻轻地落下
轻轻，不吵醒小草们酣沉的梦

“这雨水凉凉的、甜甜的”
清晨一朵醒来的花说
“这沁润的水滴充满了爱”
另一朵醒来的花说
“她曾在我的梦里飞翔”

汪海林：男，二十世纪七十年代生于广东省揭西县，现居广东省佛山市。广东省佛山市作家协会会员。从中学时代开始诗歌写作并发表。作品散见于《作品》《北极光》《珠江时报》等报刊。获各级征文奖项若干。

拉萨风光无限好

——读闫殿才有关拉萨的诗

我读闫殿才先生写有关拉萨的诗时，眼前仿佛呈现出西藏的茫茫雪山、牦牛、臧獒及珠穆朗玛峰的神奇景色。我读到的有关写拉萨、西藏和青藏高原的现代诗很少。我在想：为什么写青藏高原的诗会这么少呢？也许不少，只是因各种因素造成我没读到。我身处海滨城市青岛，西藏距离青岛几千里，路途遥远，地域不同，人们生活方式不同，民族文化观念也有不同，可能那里的作者很少往这边投稿吧。而生活在这边的作者对拉萨，对西藏，对青藏高原的地理环境陌生，感情生疏，触笔写那边的诗有难度，这么一来我读到有关拉萨、有关西藏、有关青藏高原的诗少就不足为奇了。我在读到闫殿才先生写的有关拉萨的诗时有点兴奋，情不自禁地想在诗中寻找到雪域高原光芒万丈的景象，人们生活的影子，想了解拉萨城的风貌，还有那里神奇的地理环境及作者的想法。

我把闫殿才先生发来的第一组诗稿编发在了《北极光》2018 年第 4 期上。不久，我又收到了他大量来稿，其中有别人转来的，也有他直接发来的。他的来稿多了，彼此就有了交流，这时我才知道他也是青岛人。我们相距不远，只是没有交流，过去不相识而已。

这时我知道他是青岛在拉萨做生意的人。

闫殿才先生能离开青岛这么美丽的海滨城市，跨山越水，把生意做到拉萨，这就是他与别的生意人的不同；他的诗能不写青岛，而写青藏高原，写拉萨，这就是他与别的诗人的不同。既然闫殿才先生有与别的诗人的不同之处，那么他的诗会有新意，会有独特之处也并不让我意外。我的这种判断在他的《布达拉宫的月亮》一诗中淋漓尽致地体现了出来。他在诗中写道：

喜欢上弦月
是因为每一轮
都圆了相思

看布达拉宫的月亮
最好不要一个人
那地方冷
看着看着会遗落一地清辉

距家好几千里呢
距离最近的人却不是你
偌大一座宫殿
渐渐被上弦月占满
又被下弦月抽空

一千三百多年呢
有些人走进去笑
有些人走进去哭
脱了红尘 脱了俗人
锁住光阴 锁不住心

月圆月缺
宫殿或隐或现
披件袈裟吧
那样才不会冷

这段诗句给我带来了全新的感受,触动了我的思维,拨动着我的神经。我的这种感觉一是来自对拉萨、对西藏、对青藏高原的好奇,二是来自诗句本身的艺术性。

闫殿才先生的这首《布达拉宫的月亮》写出了在异乡的寂寞,也写出了拉萨及青藏高原夜色的特色与美感,还有幽静与沉思。作者在第一小节中写:喜欢上弦月/是因为每一轮/都圆了相思。作者在诗的一开篇就明确阐述了喜欢上弦月的缘由。

月亮是有月相的。月相主要分为四种:新月(农历初一日),上弦(农历初八左右),满月(农历十五日左右),下弦(农历二十三左右)。它们有明确的发生时刻。月相产生的主要原因有两个:一是月球本身不发光,而是反射太阳的光;二是月球在绕地球公转的同时，还随地球绕日运转，日、地、月三者的相对。

每种月相都是从东方升起，西边落下。到了农历初八左右，月亮移到太阳以东90°角，这时我们可以看到月亮西边明亮的半面，这时的月相便叫“上弦”。上弦月只能在前半夜看到，下半夜就没入了西方。

闫殿才先生为什么在诗句中写到上弦月呢？我想这是因为月亮在慢慢升起的过程中，变化比较大，能影响人的心情与思绪。这种心情与思绪如果不细心留意就会被忽视，感觉不到，如果细心留意就能感觉其中的微妙。

显然闫殿才先生是位细心人，这也是文学创作者应该具备的观察力与基本素质。他留意到月光的变化，对上弦月产生了情感的寄托，这时的月光映衬出了作者的心情。

月光如同心潮变化着。

闫殿才先生在诗的第二小节写：看布达拉宫的月亮/最好不要一个人/那地方冷/看着看着会遗落一地清辉。这段诗句写的是夜色中的布达拉宫。

布达拉宫伫立在青藏高原的拉萨城，拉萨城是青藏高原的政治文化中心，城市历史悠久，文化璀璨。布达拉宫的文明提高了拉萨城的知名度，如同宝石似的点缀着青藏高原；青藏高原独特的地理环境衬托着拉萨城与别的城市不同，使布达拉宫更加璀璨。

与众不同就是特色。

文学需要独特，创新，切忌重复与循规蹈矩。

重叠的文学作品是没有出路的。

这就是闫殿才先生诗的独特之处，也是我喜欢他诗作的原因之一。有了独特的写作素材，选对了创作角度，相对就容易写出闪光的诗句。

诗，主要是在有限的句子中呈现出句字的完美与意境的深邃。如果在一首诗中能做到这两点，就应该算是成品诗了。

作者在这段诗文中明确说出了在布达拉宫观赏月亮不要一个人，一个人会越看越孤独。观赏月亮原本是好心情，恬淡的美。此刻，在这里却能产生寂寞、忧伤、思念、期盼之情。这是贴切的讲述，也是真情的表达。布达拉宫在拉萨城里，在青藏高原上。拉萨这么高的海拔城市原本气温就低，空气稀薄，又是在深夜里，白天与夜晚温差又那么大，一个人赏月，能不孤独吗？在这孤独时刻，皎洁的月光照得高原一片明亮、清澈。虽然清明与明亮同都是可以用来修饰月亮的，但还是有区别的。在这样的月色里,好像人的心灵也被月光洗涤过了那么透彻。

这第二小节诗文写得恰到好处。

这首诗的第三小节中写:距家好几千里呢/距离最近的人却不是你/偌大一座宫殿/渐渐被上弦月占满/又被下弦月抽空。作者在这里又提到了下弦月。

作者在诗的第一小节写了上弦月,而在第三小节写到了下弦月,这一上一下显然是有意安排的,他是想用不同的月光,不同的夜色,对称的环境,呈现出心情的变化。

这时作者写到一个人在几千里之外,最近的不是布达拉宫的宫殿,不是拉萨城。虽然作者身处拉萨城中,在布达拉宫看月亮,宫殿在眼前,近在咫尺,但却说不是最近的,这里隐含着更深的诗意。我认为作者说的最近的人是远在几千里之外的亲人,只是没有明确表达而已。隐含有时比明确更有艺术性,更有张力。

可无论是布达拉宫的宫殿,还是几千里外的亲人,都只是作者的情感寄托,只是他对乡情,对亲情的遥望。现实中只有月光陪伴着作者。

月静,情忧,思绪飘逸。月光遮掩着作者的思念情结。

这首诗的第四小节写:一千三百多年呢/有些人走进去笑/有些人走进去哭/脱了红尘　脱了俗人/锁住光阴　锁不住心。这一小节写着布达拉宫的经历,也写着人世间的悲情与欢笑。

每个人都有着不同的生活方式,有着不同的经历,处在不同的生活环境中。伫立在青藏高原上的布达拉宫也是这样。这座拉萨城,这座布达拉宫,在世间的洗礼中一代又一代,一年又一年传承下来。

布达拉宫是青藏高原建筑的象征,也是许多人向往的地方。可这里不是人间天堂,也有着悲欢离合、喜怒哀乐。光阴能锁住人的生命与生活,可锁不住人的情感。情感如风随处飘移。

这首诗的第五小节这么写:月圆月缺/宫殿或隐或现/披件袈裟吧/那样才不会冷。这是诗的结尾处,自然也是情感收尾的地方。

现代诗多数是在讲情,或事,主旨是作者想表达想法,抒发情怀。

闫殿才先生的这首《布达拉宫的月亮》也是这样。古往今来写月亮的诗有很多,比如唐朝大诗人李白在《静夜思》中写:床前明月光,疑是地上霜。举头望明月,低头思故乡。如果单指借用月亮抒发感情、怀旧,无论如何闫殿才先生也不占优势。可他写的是拉萨城里的布达拉宫的月色,毕竟青藏高原的地理环境是独特的,拉萨城是独有的,在众多诗文中写青藏高原的诗又比较少,写拉萨城的诗也不多,这样就容易引起注意了。他这么选择写诗的角度,文笔的切入点,优势就明显了,如同战争中仗还没开打,地势就略胜一筹了。

闫殿才先生诗的取材是独到的。

闫殿才先生不只是在诗的取材上非常用心,在诗句的运用上也精雕细琢,尽最大可能展现出地域特色与风情。他在《拉萨的三月》中的描述也比较成功。这首诗是这样的:

雪和樱花一起开
故事像给女人
穿上婚纱
完美到白头

拉萨的云裹着太多神秘
转过山顶或河流
能卸下什么
比如幸福 比如痛……

喜的是柳枝
掩了眉角
喜的是牛
望着山
喜的是人们盼着希望

拉萨的三月
一边往北一边向南
半山花开半山寒

闫殿才先生在《拉萨的三月》一诗中主要是抒发心情，描写这个季节拉萨的风貌。诗的第一小节是写拉萨的三月，雪和樱花一起存在，如同披上婚纱的女人全是白色的。

白色象征纯净。

纯净是美感的一种。

我没去过拉萨，不知道那里的三月是不是白色的，是不是雪和樱花一起展现在生活中。可我认为是与不是都无关紧要，因为这是诗句.诗句是艺术，艺术不需要完全写实，可以在现实基础上升华成文学作品。

这首《拉萨的三月》诗，作者是有意写美好的生活与自然环境。

这首诗的第二小节是写季节转化的过程。这时拉萨城的云层好像与别的季节不同。应该说三月的季节与别的季节也是不同的。作者在这个小节中用了“能卸下什么”这样的诗句。虽然这“卸”只是一个字，却起到了画龙点睛的作用，好像万物在这个季节都有了变化。但作者没说那么具体，也没落到实处，而是用了“比如幸福　比如痛……”这种模糊的诗句，像是有意让读者揣测，留下悬念，这么一来思维空间与艺术拓宽的领域就更广阔了。

作者在诗的第三小节中写了人们的生活景象，万物的面貌与精神状态。

这首诗的第四小节说明了拉萨城特定的地理环境。虽然拉萨城已经是三月的春天了，可是暖阳没有覆盖全部。同在一座山上风景却不同，山峰是界线，寒与暖的界线分明。山的一边是春暖花开的场景，另一边却依旧是寒气浓浓。这种环境是青藏高原特有的。也是拉萨城风光的一种。

我在读过闫殿才先生的《拉萨的三月》和《布达拉宫的月亮》两首诗后，心情有些激动，我想去青藏高原走一走，到拉萨城看一看，如能在布达拉宫看月色，如能在拉萨三月看樱花，那就更好了。我的激情是被闫殿才先生优美的诗句点燃的。

我最早对青藏高原的认知，对拉萨城的记忆，是因文成公主进藏与松赞干布成婚的历史故事。那个故事吸引着我的注意力，如同埋藏在土里的种子会慢慢发芽，生长出情愫的幼苗。我想象着青藏高原上的拉萨城，还有城中的布达拉宫和住在那里的人……

那是民族的融合。

那是文化的交流。

近年来青岛有许多援藏干部响应党的号召，抛家舍业，去那里工作。他们为西藏发展与建设奉献着青春年华与智慧。也有许多青岛企业家去青藏高原办企业、开公司,为青藏的经济发展注入力量。

闫殿才先生也应该算是青岛在藏企业家中的一员吧。

虽然他经营着公司,但青藏高原的美丽风光触动了他的灵感,拉萨城的历史文化让他产生了写诗的动力,他用诗句书写高原的美丽,书写拉萨城的希望与未来。他把青藏高原的风情写成优美的诗句,然后推广开去,这不也是一种贡献吗? 这种文化传播的贡献,应该不亚于他的公司。

我能在几千里之外读到闫殿才先生写的有关青藏高原的诗,能读到写拉萨的诗,这是好事,有着欣慰。我也想写诗。我也许会这么写:青藏高原好风光,拉萨风光无限好……

闫殿才先生,你接着写下面的吧……写拉萨的诗,写西藏的诗,写青藏高原的诗……那是诗创作挖掘不尽的资源。

发表于 2018 年第 9 期《北极光》杂志(黑龙江大兴安岭文联)

附:闫殿才的诗

1. 等一个人,去可可西里

唐古拉山脚下,一轮斜晖,泡
在碗面里。等风过昆仑
等一个人

水温 70 度。已经沸腾了,如心

去可可西里。沿蕨麻和狼毒花开
的方向
野狼和藏羚羊已经上路了
盛夏的最后一缕风,也上路了

占堆和旺姆备好奶茶,糌粑,干牦
牛肉
我备好火柴,卷烟。流水和青草

明月不用备,白天隐在雪地,晚上
透过沙砾
音乐不用备,三江源的上方,风一
直很嘹亮

寂寞不用备,有青稞酒,有你
香囊不用备,格桑花一路开到无人区
红裳不用备,霞光正好

2. 征集令

翻昆仑,穿草原,去可可西里

需一匹马，越岭翻山，过沼泽
踏出一条马路

需一个女人，长发，红风衣，不施胭脂
马背上驮不动寂寞

需一个酒囊。松山明月，风过草低
酩酊时伸手一指：我的江山

需一群狐朋，雪山绿草，裸半臂。
行酒令，歃血

需大风，飘雪，扬沙

八月，可可西里，扯一杆大旗

3. 登　峰

一个人流浪，诗留在珠峰上
阳光和垃圾一样刺眼
白雪和白骨沉淀了故事

我不知道这留在半山的白骨
是望向山顶还是指向山脚
一切都不重要了。上不去又下不来的地方
只能歇息。
好在这地儿空灵，离天堂也近

垃圾说明有人还活着，说明
活着的人，还有梦想
这里只有阳光，白雪，山石也不多见
梦想只能在风里。乘风而上
或顺风而下

五月二十日这天，我一个人在拉萨的小酒馆
看到从珠峰下来一堆灵魂
我跟他们逐一干了杯

闫殿才：笔名雄关漫道。作品发表于《星星诗刊》《诗潮》《诗词》《诗林》《北方文学》《青年文学》《延河》《牡丹》《诗词月刊》《北极光》《参花》《唐山文学》《中国诗人》等报刊。

依然是心灵的归宿

——张景慧与诗27年割舍不断的情缘

我收到内蒙古自治区赤峰市张景慧先生的诗时,近期写诗评的事已经安排好了,本想把他的诗放一放,把目前正在写的诗评完成后再看他的诗。可我在跟他交流时感觉到了他的失落与恳切……这种感觉让我不安,让我情不自禁地改变了计划,先读了他的诗。他在《草的味道》一诗中写着:

草地从不铺天盖地冲击嗅觉
如是春天像少女掩着被角
春光在草中穿行
在草尖上抖出造反的旗帜
唯有深秋草是熬透的一味中药
沁入大地 深入骨髓
草打开每一粒细胞

那是打草的季节
是人、草、畜和平共生
抱团取暖的季节

父亲仰躺在干枯的草上
牙齿叼着一根草茎
绿纱巾包裹的玉米面饼子
打开掉漆的军用水壶

阳光从树隙射来
射在父亲古铜色身上
父亲喜欢这种样子

更喜欢留下阳光的伤疤
母亲用温柔的目光为父亲疗伤
甚至不避讳儿女

我们被草香诱惑
倒伏成草的样子
就这样醉着
忘记身边镰刀在慢慢锈蚀
以及贫困

张景慧先生的这首《草的味道》,有着深刻的生活体验,好像是在写生活记忆。这种感觉不应该是现在产生的,而是在多年前就有了。那时的感觉只是存在,潜意识的,不明朗,如同美酒般在岁月中酝酿,发酵……渐渐文思清晰了,形成了诗句。

诗的第一小节写:草地从不铺天盖地冲击嗅觉/如是春天像少女掩着被角/春光在草中穿行/在草尖上抖出造反的旗帜/唯有深秋草是熬透的一味中药/沁入大地 深入骨髓/草打开每一粒细胞。这小节是在写草的生命历程。“草地从不铺天盖地冲击嗅觉/如是春天像少女掩着被角”是在描写草的生长过程,而不是单一写草的气味。草的生长是缓慢的,不是迅猛的,生长的过程如同少女害羞似的,这种比喻是否是最恰当的呢?当然,这是在描写,这种诗意的表达读者是能领会到的。

接着诗中又写:春光在草中穿行/在草尖上抖出造反的旗帜。这两行诗句是在写春天里草生长的状态。这时草处在生长期,不高,不密,绿油油的,稚嫩,阳光照在草上,从上到下是透彻的。光与风穿行其中。

诗文往下写道:唯有深秋草是熬透的一味中药/沁入大地 深入骨髓。这几行诗句写深秋的草如同中药一样散发着气息。中药味是浓烈的。草的气息沁入了大地,如同进到骨髓中。骨髓在躯体深处,属于要害组织结构。这里比喻草的成熟程度。

第一小节的最后一句为:草打开每一粒细胞。动物与植物在结束细胞分化的能力时,意味着逐渐衰老,步入生命的终结。草也是如此。这句诗是在写草的生长期结束了。

这节诗文主要讲述了草的生长与衰老。虽然诗句中没写到人,但已经暗示出人的感情了。诗句中的比喻有中药与骨髓,这是生命的迹象。

这首诗的第二小节写:那是打草的季节/是人、草、畜和平共生/抱团取暖的季节。这节诗句虽然简单,但诗意明了。这是指在打草的季节里人、草、畜生之间的关系。这里用“抱团取暖”略有不当,人是打草的,牲畜是以草为食的,而草是牺牲者,这么一来说“抱团取暖”就显得有些不合逻辑,但换个角度也能明白作者的用意,因为人与牲畜是由草联系在一起的。

天地间,人与植物、动物是密不可分的,它们之间是相互依存的。

这首诗的第三小节写:父亲仰躺在干枯的草上/牙齿叼着一根草茎/绿纱巾包裹的玉米面饼子/打开掉漆的军用水壶。这小节写父亲在打草时休息及吃午饭的场景。其中,“父亲仰躺在干枯的草上/牙齿叼着一根草茎”是在写父亲劳动之后休息时的状态与神情。

接着又写:绿纱巾包裹的玉米面饼子/打开掉漆的军用水壶。这两行诗句是写父亲吃午饭时的场景。午饭极为简单,用已经掉了漆的军用水壶装着从家中带来的水,用纱巾包裹着的玉米饼为主食,这就是父亲在外面打草时的午餐。

我们根据午餐来推测,可以知道诗中写的应该是上世纪七八十年代的生活。那时这种军用水壶在生活中很常见,人们的生活水准不高。到了九十年代以后人们的生活状况得到了改善,这种军用水壶便少了,玉米面饼子已经不是人们用餐的主食了。

这节诗文是在通过对生活场景的描写,展示父亲的乐观精神。虽然父亲劳动了一上午,午餐喝着凉水,吃着从家里带的玉米面饼子,但心态非常好。父亲躺在草地上晒着太阳,牙齿上叼着一根草茎,这是多么悠然的状态。

这首诗的第四小节这么写着:阳光从树隙射来/射在父亲古铜色身上/父亲喜欢这种样子/更喜欢留下阳光的伤疤/母亲用温柔的目光为父亲疗伤/甚至不避讳儿女。这节看上去与第三小节有冲突,或者是多余。第三小节写父亲带着食品和水,一个人吃午饭,这是在离家较远的地方。而第四小节写母亲和儿女在父亲身边,那就应该是在家附近或不远处。并且第四小节写的不是中午,不是用餐时间,从场景看,应该是下午父亲干活累了,躺在草上休息。虽然是下午,但阳光依然充足,阳光穿透树的间隙落在父亲身上,如同打上了烙印,留下了伤疤。这证明阳光非常热,时间应该是在下午的两三点钟,也不像是在秋季,而应该是在夏末初秋的季节。母亲用温情的目光看着父亲,这是夫妻间感情的渗入。儿女围在旁边这是家庭的和睦。在那样贫困的年代,这或许是父亲感觉幸福最主要的原因了吧。

如果第四小节与第三小节对接,显然有点不妥当。可张景慧先生为什么要这样写呢?这是逻辑错误,还是思路混乱?我认为都不是,而是作者有意这么安排的。他是想把生活中的记忆呈现在诗中,想用更真实的生活场景提高读者的阅读兴趣。

这首诗的第五节写:我们被草香诱惑/倒伏成草的样子/就这样醉着/忘记身边镰刀在慢慢锈蚀/以及贫困。这节诗文写出了当时的生活状况。把人的生活比成草,诗中描写草,也是在写生活,这是自然环境与生活的融合。虽然现实生活不如人意,可人们的心态是乐观向上的。这是较为抽象的描写,比如,“就这样醉着/忘记身边镰刀在慢慢锈蚀/以及贫困”。这种诗句给读者留下了悬念与揣测,镰刀在使用时是很少生锈的,一般是在不用时,保养不好才生锈。劳动时又怎么会沉醉呢?读着会感觉出这是作者的意会,这是一种没有过高要求的生活。

虽然那时人们的生活较为贫困,物质生活水平不高,可心态不浮躁,心情平静,没有焦虑感。那种生活态度是我们今天的人所缺失的。

我在读过张景慧先生这首《草的味道》后,不断思索着,脑海里浮现着他跟我交流时的话语,也畅想着他的生活。

他生于1965年,在内蒙古自治区赤峰市翁牛特旗税务局工作。他在农村长大,对农村有着很深的感情,后来通过考学进城,成为干部。

他对诗有着难以割舍的热爱。1985年他曾在《赤峰日报》发表处女诗作《沉思录》,而后又陆续在《百柳》《北京晚报》等报刊发表诗和散文作品。后来因工作、家庭等多种原因停笔27年,但内心深处从未离开诗。随着年龄增长,生活安稳了,乡愁却愈浓,内心时常空落落的,有时茫然不知所终,夜不能寐。他这时感觉文学又来叩门了,于是他在2012年又开始写诗了。

我对他27年没写诗不解。我说:“写小说占用时间长,投入精力大,可能会影响工作,但写诗,写散文篇幅短,占用时间不长,把握好时间,是不会影响工作的。”

他说:“中专毕业后分配在税务局工作,领导从前也爱好写作,‘文化大革命’时这位领导因为写文章受到了批判,就不让他写作了。”

我理解张景慧先生说的话,也懂那位领导的心情。在那个特殊的年代,发生了许多让人唏嘘的特殊事情，改变了很多人的初衷与意愿，当时著名作家丁玲就下放在我生活的黑龙江省北大荒生产建设兵团，在基层连队接受劳动改造。那时下放到的不只是丁玲一位文化名人，而是一大批知名作家、诗人和文化工作者，如著名诗人艾青曾下放到八五二农场，著名漫画家丁聪下放到云山农场，人民文学出版社副社长、著名杂文家聂绀弩下放到八五零农场，吴祖光下放到八五三农场……这些文化名人、作家和诗人都遭到了不公平对待。他们从繁华的城市被派遣到偏远的北大荒，生活环境与心里都产生了巨大的落差，又何况是小文人呢？那个时代给人们造成的创伤太大了，不只是肉体上的，还有精神上的，精神上的影响大于肉体。我于是说："你没跟领导解释吗？"

张景慧先生说："领导是出于对我的爱护，怕我写文章写出事，跟他受到同样遭遇才不让写的。领导说要么你离开这个单位，要么你放弃发表文章的想法……咱们是农村走出来的孩子，好不容易有一份体面工作，还得养家糊口呢，怎么能放弃工作呢！"

在工作与写诗两者之间选择其一，张景慧先生放弃了写诗，保留了工作。他这是正确的选择。

因为写诗不能养家糊口，而工作是活着的根本点。不写诗可以生活下去，而不工作就没有经济来源，就活不下去。无论我们有多么高的志向与理想，前提都应该是活下去。

张景慧先生是1965年出生的。我推算了一下，他中专毕业应该是在1986或1987年。那时改革开放不久，市场经济还没完全形成规模，私营企业少，外资企业更少，好单位少，税务局是事业单位，也是非常好的单位，许多人找关系都进不去。他从农村进城，能有这样的工作是幸运的，怎么能轻易丢掉呢？

他当时放弃了写诗应当是理智之举。但这一放就是27年。

一个人的理想从青年到中年，这之间跨越了27年还没忘掉，如同地里的草一旦遇见春风细雨就破土而出，这是多么让人感慨的事。

我在读过张景慧先生的诗后，回想着跟他通的电话，想着人生过往，不由自主地想起香港歌星吕方唱的《朋友，别哭》这首歌。这是我非常喜欢的歌，我把这首歌推荐给张景慧先生听：

有没有一扇窗/能让你不绝望/看一看花花世界原来像梦一场/有人哭 有人笑/有人输 有人老/到结局还不是一样

有没有一种爱/能让你不受伤/这些年堆积多少对你的知心话/什么酒醒不了/什么痛忘不掉/向前走 就不可能回头望

朋友别哭/我依然是你心灵的归宿/朋友别哭/要相信自己的路/红尘中 有太多茫然痴心的追逐/你的苦 我也有感触

有没有一种爱/能让你不受伤/这些年堆积多少对你的知心话

什么酒醒不了/什么痛忘不掉/向前走 就不可能回头望

朋友别哭/我依然是你心灵的归宿……

这样的旋律一开始就萦绕着我的思绪，伴随着我阅读张景慧先生的诗。我在读过张景慧先生这首《草的味道》后，心情有了缓解，比开始好一些。开始我以为张景慧先生 27 年没写诗了，他的诗文会生硬，缺少柔韧性，质感差些，但在读过后发现他在诗创作方面是有良好感觉的，也有写诗基础，功底不错。

他写诗的功底在另外一首《冬之祭》的诗中也体现出来了。

张景慧先生在《冬之祭》一诗中写道：

阳光已瘦成了骨头
敲打着大地
一场盛宴从长城以北
悄无声息排开

夏天残留的温度
被秋风切割
在北方
呼啦啦祭起冬的大旗
冷拼成一道风景
被冬的祭日邀请
体验温暖的涵义

如果没有雪
这瘦马西风不知能撑多久

安塞腰鼓
敲断黄河的狂奔
我要把冬天过成春天

这首《冬之祭》的诗是在写生活感受的。假如没有这种经历,凭空想象是难把诗意写这么深的。如果想把诗写好,写出思想,写出诗的灵性,必须有写诗的感觉才行。

感觉是灵性的触发点,如同干柴遇到着火点才能燃烧起来一样。

这首诗的第一小节写:阳光已瘦成了骨头/敲打着大地/一场盛宴从长城以北/悄无声息排开。这是指冬季来临了,阳光失去了温度,天气在悄无声息地发生着变化,如同盛大的宴会开始了。

这场宴会就是冬季来了。

这首诗的第二小节这么写:夏天残留的温度/被秋风切割/在北方/呼啦啦祭起冬的大旗/冷拼成一道风景/被冬的祭日邀请/体验温暖的涵义。这节诗句在形象地描写冬天到了,冷风成为旗帜,温度降低了,温暖成为敏感的反应。

这首诗的第三小节写:如果没有雪/这瘦马西风不知能撑多久/安塞腰鼓/敲断黄河的狂奔/我要把冬天过成春天。这几行诗句写出了冬季的寒冷,奔腾的黄河水被冻住了,人们的生活可想而知。诗中把寒冷归为有雪的原因,如果没雪,无风,塞北的冬季也是刺骨的,水面也会结冰。

这首诗的灵性在最后一句:我要把冬天过成春天。我在读到这行诗文时,得到的结论是前面的诗文都是在为这一句做铺垫,这行诗文是诗的主题。这首名为《冬之祭》的诗,初看有点难懂,读到最后诗意却一目了然。

从中我们便能看出张景慧先生写诗的巧妙处。

虽然这首《冬之祭》的诗不如《草的味道》写得直接,但能读出作者的心态,诗文中影印出了作者对生活的信心。

张景慧先生是从农村走入城市的,对农村生活理解更深。如果把冬季比成生活的困难,那么这首诗就是对困难的挑战。这首《冬之祭》的诗,应该是作者对待生活的态度。

在读过张景慧先生的《冬之祭》和《草的味道》两首诗后，我感觉他对农村生活的感受过于深了，对那段贫困的生活岁月有着摆脱不了的印记，或是阴影。在现实生活中我们每个人都有这样或那样的不如意，可我们应该看光明处，放宽心思，往开想，想美好的地方，这就好似地球在围绕着太阳转，运转中产生了黑夜与白昼，黑夜会过去，白昼也会过去，这是交替的自然规律。生活也是这样，困苦也好，幸福也罢，不会总在一个人生活中停留，只要我们有良好的心理素质，积极面对生活，拓宽视野，努力工作，发愤图强，就会达到理想的彼岸。

张景慧先生年少时就热爱写诗，无奈的生活与工作环境迫使他中断了 27 没写诗。在人生的岁月中 27 年不算短，占的比重很大，但他现在重新写诗也为时不晚。他只要从多方面努力，相信能写出好诗。

我期待张景慧先生在诗创作方面取得骄人成绩，因为他对诗有着 27 年割舍不断的情缘，证明了他的意志，诗创作是他心灵的渴望。

或许这应该是他心灵的归宿吧。

发表于 2018 年第 6 期《延河诗歌特刊》杂志（陕西省作家协会）

附：张景慧的诗

1. 在残缺的美中穿过中秋

没有妈妈的中秋月还美吗
美！这是妈妈的心愿
人间残缺，不影响月亮的努力
象形的圆
补我们心里的洞
那里不贮存泪水
贮满月光
有月光，就能洒扫庭除

秋风比月亮先期到达
三角梅正吞噬自己的叶子
我在啃母亲留下的半块月饼
月饼比月光坚硬
已成为我身体里的结石
月圆时，会立一座碑
心脏，交出默契

在残缺的美中穿越中秋
万家灯火，万朵圆心
一个节日，在秋天
脱靶，有一种思念
却正中靶心

2. 古梨的胸怀

梨花谷，虽然为谷
然辈分不小
毕竟盘踞燕山余脉
论海拔，脚下的山该称呼先人
更别说低头谦虚的一马平川了

尚存的两棵五百岁梨树
不需杜撰，就是一部野史
未谋面时，我以为这条谷里
不是东风压倒西风
就是西风压倒东风
五百年古梨，要么如我满头谢顶
要么如流浪的老人
满身褴褛

谁知一见
如青春定格的中年
枝繁，叶茂
意气风发
唯有粗粝的腰身
暴露出沧桑的年轮

树下的溪流
如咿呀学语的孩童
绕膝流淌的血脉
繁衍了几百年的
绿水青山

一朵梨花
一世繁华
一枝绿叶
一朝枯荣

古梨是一个善良的先人
瞻前顾后
对越来越细的血脉
越来越弱的族系
慷慨地交出自己的
身世和地契

张景慧：内蒙古自治区赤峰市翁牛特旗人。中国诗歌学会会员，中国散文诗协会会员。作品散见《诗选刊》《草原》《北京晚报》《内蒙古日报》等报刊。有诗入选《2017 星星诗人档案》和《中国百年诗人新诗精选》。

生活絮语

——读杨胜彪诗有感

文学作品是来源于生活而高于生活的艺术作品。原创文学作品主要分小说、散文、诗、报告文学、纪实文学、武侠、科幻等种类，除了科幻、武侠作品外，其余的作品几乎全部跟生活有关，并且多数作品是在日常生活中产生灵感创作出来的。纪实文学、报告文学、散文、小说等种类跟生活的相关性更紧密一些，而诗与生活的关联性相对来说小一些，这是因为诗句的艺术升华可以更高，可以与现实生活离得更远，美化空间更宽阔，所以目前文学界的人、有的诗作者，片面认为口语化、生活化的诗不属于诗，或认为这种诗的艺术水准低，不能登大雅之堂。但我不这么认为，我认为生活化的诗、口语化的诗也是诗，读起来也是有感情触动的，也有闪光点，也有它的艺术价值。

我在看了贵州土家族作者杨胜彪先生的诗后，就感觉到了生活化、口语化的诗句别具的艺术特色，虽然他的诗句平淡，不激荡，但触动了我的情，也有吸引人读下去的独特味道。这首《不同的年味》中写道：

小时候
每年除夕的黄昏
我和妹妹都到村口
望着父亲和母亲从外婆家
带来的一袋大米
和几斤猪肉
妹妹见了高兴地跑回家
告诉奶奶
除夕的晚饭有着落了
初一早晨
弟弟和妹妹
伸出长长的脖子

望着锅里的红萝卜和几根骨头
想吃个够

长大后家里堆满了水果
挂满了腊肉
摆放着各种各样年货
夜晚
五彩的烟花送来欢乐
春联在老木房上露着笑脸
一对喜鹊在屋檐上摇曳着红灯笼
一群村娃在旋转的磨磨秋上
把忧愁带走

如今
年迈的父母不愿在城市生活
还把家乡的土地当成枕头
乞求着
过年的时候
儿孙回到老家
增添快乐
可现在
那些农村进城的孩子
不愿回乡下
认为城里才是安乐窝
现在乡下过年时
找不到从前的欢乐
记忆在小时候搜寻

这首诗是写过年心情的。过年是中华民族的传统节日,从小孩到老年人无人不知无人不晓,选择这么普遍的话题进行文学创作显然是没有新意的,不会给人新鲜感,没有素材方面的优势。可杨胜彪先生写得文理清晰,情感进展不紧不慢,如同说家常似的,也好像不是在写诗,只是在诉说心中的想法与寄托。

我读着《不同的年味》,如同回到了孩童时代,回想那个年月,想着那时过年的情景,这首诗把我扯进从前的生活岁月中。我有些好奇作者为什么选择这样老掉牙的素材作为创作主题,他不担心被误认为不会写诗或没有写诗的灵性吗?我想作者是应该能想到的。作者是在坚持这么写,之所以作者这么写,想这么写,可能是因为孩童时过年的记忆给作者留下了无法抹掉的印记,给作者留下了太多美好的生活场景。

作者在这首诗的第一小节写:小时候/每年除夕的黄昏/我和妹妹都到村口/望着父亲和母亲从外婆家/带来的一袋大米/和几斤猪肉/妹妹见了高兴地跑回家/告诉奶奶/除夕的晚饭有着落了/初一早晨/弟弟和妹妹/伸出长长的脖子/望着锅里的红萝卜和几根骨头/想吃个够。我看到这段诗句时,眼前仿佛出现了那个年代的生活画面。

作者出生在上个世纪六十年代末期,那时我们国家处在初步发展中,属于集体性劳作与分工,很少有个体和私营经济,人们生活水平普遍较低,许多生活物资是配额分发给人们的,比如我生活过的黑龙江省北大荒生产建设兵团就是这样,粮食、油、布全部是按人分,肉也是规定每户人家不能超过多少,并且那时多数人喜欢买肥肉,不要瘦肉,跟现在买瘦肉,不买肥肉是相反的。

杨胜彪先生在贵州乡下生活。那里属于云贵高原地区,是山区,经济不发达,在全国是落后地区。应该说当时那里的生活环境更差。可过年却给作者留下了一生也忘不掉的记忆。这一小节诗句体现了孩童盼亲人回家过年的心情,也体现出了孩子的童心,年在孩子生活中是非常重要的节日,同时也说明了物质的匮乏。诗中这么写:弟弟和妹妹/伸出长长的脖子/望着锅里的红萝卜和几根骨头……这些诗句运用了夸张的手法,别说是孩子了,就是成年人的脖子也不会那么长,这么写体现出了想吃肉的心情。虽然眼睛盯着锅里,可锅里只有红萝卜和几根骨头。此处诗文用了“几根”来描述骨头的数量,这就把意思表达得明确了。孩子盼望过年,盼着吃肉,可锅里只有那么一点骨头,这是多么贫穷的生活啊!

虽然生活中出现了贫穷,有过贫穷,但没有不变的生活,随着生产力提高,科技飞跃性发展,社会进步,国强民富了,我们的生活环境也发生了巨大变化。作者渐渐长大,生活越来越好了,过年的氛围也随之发生了变化。这首诗的第二小节这么写:长大后家里堆满了水果/挂满了腊肉/摆放着各种各样年货/夜晚/五彩的烟花

送来欢乐/春联在老木房上露出笑脸/一对喜鹊在屋檐上摇曳着红灯笼/一群村娃在旋转的磨磨秋上/把忧愁带走。作者长大后家境变了,过年时家里堆满了水果。此处运用了“堆”这个字,这说明数量较多。还用了“挂满”两个字,腊肉不用说在乡村,就是在城市,也是较贵的食物,家中能把腊肉挂满,这证明乡下的生活很富足。生活好了,日子富足了,孩子们的心态也变了。过年时孩子们不是在意吃什么了,而是在欢快地玩耍,没有忧愁,展现出了童趣和天真。

这样的场景是我们所期待的。

期待是生活中不可缺少的感情寄托,有了这样的感情就有了盼头,心中就会存在希望,过日子就更有劲,对未来会更加有信心。

老人在过年时希望孩子回家,想全家团聚。可孩子长大了,生活独立了,有了自己对生活的认识和想法。并且两代人的想法是不同的,出现了代沟。老人的想法和心愿有时与孩子沟通不好,孩子不按照父母说的做,老人的心愿有时是不能实现的。

不能如愿就会有失望。

这首诗的第三小节就是写这种情感的。诗句这么写:

如今
年迈的父母不愿在城市生活
还把家乡的土地当成枕头
乞求着
过年的时候
儿孙回到老家
增添快乐
可现在
那些农村进城的孩子
不愿回乡下
认为城里才是安乐窝
现在乡下过年时
找不到从前的欢乐
记忆在小时候搜寻

这一小节开头便说父母老了，不愿在城市生活，更加留恋乡村的家了，他们甚至“把家乡的土地当成了枕头”。土地是不能当枕头的，但这是乡下人生存之根，没了土地就没了生活来源。父母是农民，在乡下生活一辈子了，是土地维系了他们的生命，养大了儿女，对土地的感情是融入生命中的。人老了有叶落归根的想法，不想离开乡村，不想进城生活，这是正常的想法与心愿。

虽然老人在乡下生活了一辈子，依恋故土，可乡下生活原本就是单调的，又因老年人体力与兴趣所致，这时的生活是很孤寂的。可能平时没有太多感触，但到了过年时，这种感触就深了，就希望生活在城里的孩子回到乡下团聚。

此处这么写：乞求着/过年的时候/儿孙回到老家增添快乐……这是纪实性描写，带有夸张性。父母“乞求”儿女回家过年，看上去父母可怜，看上去儿女不孝顺，可现实生活中有许多事情在左右着过年回家的行程，有时儿女想回家也不一定可以回去，比如：路程遥远，放假时间短；因工作问题，在单位值班；没有钱，受往返路费制约等等。

过年是中华民族的传统节日，客观因素虽然存在，但随着生活水平不断提高，工作环境的改善，人们对过年的重视，那些因素的影响正在越变越小，而主观因素却越来越多。

当然作者在这里只想体现思想观念问题，这也是社会问题，这种生活观念差距越来越重，应该得到社会重视，应该引起读者的深思与共鸣。

此处这么写：可现在/那些农村进城的孩子/住在城里/不愿回乡下/认为城里才是安乐窝……这排除了客观上回不了家的因素，证明主观因素是不回家的主要原因。

作者在结尾处写：现在乡下过年时/找不到从前的欢乐/记忆在小时候搜寻……这是一种无奈的心愿，也是社会发展的必然。社会在飞速发展，在城市化进程中有许多乡村渐渐消失了，没有消失的乡村也失去了原始风貌。乡下的老人回忆着小时候过年的场景，如同在寻找岁月留下的痕迹。

杨胜彪先生的这首《不同的年味》，应该是以写情感变化、生活变化、社会变化为主题的叙述诗。从整体上来说是表达了作者对过年的认知，对人生的理解。诗文十分生活化，文字升华不多。这样的诗如同在记事，读起来随意，不矫柔。这或许就是此诗的特点。

这种特点在杨胜彪先生的另外一首诗《梦醉白泥河》中也体现出来了，而且这种体现更深一些。这首诗这样写着：

轻轻地走过石板桥
在白泥河里荡漾
画一幅水墨画
韵一曲菜花黄
鱼儿催我快过河

两岸万顷烟波
绿瓦红墙
层层云雾
把一棵棵千年古树
紧紧裹着
朝霞到夕阳
古老的阳戏
激励着土家人美好的向往
土家山歌
成为精神食粮
男男女女
把这条河守望

嫩绿的青苗
抹去了岁月的沧桑
白鹭衔一枚水花
站在墙上轻轻拍打翅膀
想洗净土家人的疲惫与惆怅
多情的土家妹
只是缠绵不彷徨

这首诗的名字比前面那首《不同的年味》含蓄、婉约，可诗文还是平平淡淡、娓娓道来，如同在记录着行走时的心情。心情会左右诗人或作家的创作方向。

这首诗的第二小节主要是体现土家族人依河而居，幸福生活的状态的。

这首诗不长，只有三个小节，写得也不深，诗文有些欢快。虽然《梦醉白泥河》这首诗与《不同的年味》都是记述生活的，但是诗的风格、基调有所不同。《不同的年味》稳实、忧郁，而《梦醉白泥河》欢畅、抒情，二者有反差。

我在读杨胜彪先生的诗时，在想着他的创作思路，在想他的诗风，在想他为什么这么写诗。我认为这是他对生活认知的结果，生活给予了他这样的灵感，这样的写诗环境。

杨胜彪生活在贵州铜仁市沿河土家族自治县。沿河县地处贵州高原东北边缘斜坡、大娄山脉和武陵山脉交错地带。乌江由南至北将沿河县分割为西北、东南两大部分，西北部属大娄山脉，东南部属武陵山脉。这种地理环境为作者提供了写生活化诗的大环境，也影响到了作者的创作灵感。

这样的诗在诗界如同歌界出现《乡间的小路》《爸爸的草鞋》那样的歌曲，透露着随意与自然。这样的歌曲，这样的诗，是接近生活的。

我读杨胜彪先生的诗时没有激动的情绪，心潮平平静静，如同跟他在聊生活，期待明天的美好，这样的感觉是温顺而且入心的。

发表于 2018 年第 7 期《北极光》杂志（黑龙江省大兴安岭文联）

附：杨胜彪的诗

1. 夜宿乡下

在鸡鸣中醒来
一群喜鹊
将藏在山坳中的太阳呼出
太阳张开红彤彤的笑脸
似乎要倾泻满地金黄

多么灿烂的晨景
空气中飘着无数希望与繁华
日子里的每一个感叹号
都镀着一层厚厚的黄
是金还是霞光

我伸了一下腰
快乐地笑了笑
展开双臂
想抓一把霞光，装进胸膛

风在夏日的村庄飘过
即使炙热

这一刻，我才知道
乡下是这么清凉

2. 插秧忙

烈日下，一个留守妇女
在田里独自插秧
低着头，弯着腰
与水交融　与泥浆相伴

她一步一步往后退
眼前一点一点开阔起来
宽行窄株的秧苗，整齐，笔挺
宛如诗人笔下绿色的诗行

乌云滚滚而来
狂风四起，山雨欲来
她挺直腰杆，望了望天空
又埋头插了起来
就像一名士兵
没有接到撤退的命令
决不会放弃阵地

天空没有压住她
暴雨岂能将她压垮
水田里
她继续弯着腰，低着头
没有离开而是后退
慢慢地用她带浆的双手
编成了一张绿色的网

3. 三月的春天

燕子衔来了春天的消息
将沉睡的一切唤醒
阳光送来了融融的暖意
七彩线跳荡炽热的感情
柳芽伸出绿色的小嘴
尽情地吻着泥土的气息
花儿在微风中欢笑
炫耀着多姿多彩的明媚
小溪在弯弯的弦上
弹奏着奔腾的旋律
人们在沸腾的田园里
精心编织美丽的希冀

杨胜彪：男，土家族，大学文化，贵州省沿河县人，中国诗歌学会、中国西部散文学会会员。已出版诗集、散文集、理论文集三部，部分作品被选入十多部年度文学（诗歌）集。供职于贵州省沿河土家族自治县文联。

诗界的野孩子

——诗人王恕作品的风格

诗人王恕女士生活在黑龙江省五大连池市。她是黑龙江省作家协会会员。不久前由现代出版社出版的诗集《秋林桦影》精美面世后，受到诗友广泛关注和青睐。她是尾山农场中学退休教师，在学生时代就酷爱文学，喜欢写作，尤其是对诗创作情有独钟。她在1992年就已经在《北大荒文学》杂志上发表作品了。差不多的同一时期的《北大荒文学》杂志上发表了张抗抗、迟子建、王左泓、常新港等知名作家的作品。那时这本杂志在全国文学界知名度非常高。王恕女士能在《北大荒文学》杂志上发表作品，可见文学功底是相当深厚的。

她的职业是教书育人，授业解惑，把主要精力都用在了教学上，只能利用节假日、闲暇时间写作。她是一位关注大自然的人，如同一位行者，走在风景秀丽的山路上，把黑土地的风貌囊括在创作中。

我第一次跟她通电话，她快言快语，侃侃而谈，如同下的及时雨，想把所有的苦闷、不愉快一股脑儿地倒出来。她讲着她的生活，讲着她对文学的热爱，讲着她的文学经历……我几乎插不上言，只能倾听着，有发懵的感觉。她的语气在自己的生活里，有着自我陶醉的情绪。我偶尔插言说上几句，可话题又被她扭过去了，又被扯进她的话题里。我感觉到了她的无奈与热爱——她热爱文学，有着在创作上的苦闷与无奈。她说："吴老师，我没专门学习过写作，也没有哪位老师辅导过我，我就像是一个在野地里的孩子，没人管，没人问，自然生长，遇见你了，你多支持……"

我听着诗人王恕女士的话，心潮涌动，这种涌动不是高兴，而是带着隐隐的痛。文人相轻是古时候就有的事，不是新出现的问题。那么，诗人王恕女士的创作水准到底怎么样呢？我带着疑虑进入这个爱好文学的"野孩子"的作品中。

王恕女士在《从未给夜晚下定义》这首诗中写到：

种子在豆荚里挑灯夜读
黑土地收紧纤绳
雁阵南飞，已不是当年那群

白桦树睁着眼睛，困了
想到那些风车
一直不晕

野蒿覆盖小路，汉字里穿行
一滴水异乡瘦弱
迎向火焰，吹起口琴，心就湿透了
饮尽杯中山水
夕阳无人认领，坐在山下
从未给夜晚下定义

这首诗第一节写：种子在豆荚里挑灯夜读/黑土地收紧纤绳/雁阵南飞，已不是当年那群。第一行诗文是写种子在豆荚里挑灯夜读，夜读就是在夜晚读书，挑灯就是在灯光下。诗中把读书与豆荚联系在一起，是反映在繁忙的季节挤压休息时间读书，证明诗人非常勤奋，有着理想与志向。

第二行诗文写出了这个季节的时间。这句“黑土地收紧纤绳”有点让人难懂。黑土地大家都知道，纤绳也被众人知晓，可把两者看似不相关的事物放在一起，组成诗句，就不容易来理解了。作者在这行诗句中应该是想表达黑土地的现状或处在什么季节。我认为写的是秋季。

北大荒黑土地的春季是舒展的季节，夏季是释放的季节，冬季是沉睡在白雪下面，只有秋季才是收获的季节。秋季是与冬季交接的季节。

北大荒的秋季，天气渐凉，田野上的农作物正在被收获，在颗粒归仓，人们劳动的身影一点点由多渐少。我推测诗人是由田野里农作物的减少，人们劳动身影的减少，萌生了“收紧”的诗意。

第三行诗句写出了季节的变化、大雁的生活习性。大雁是冬季来临之前往南飞，春季到来时往北飞。虽然是往南飞，生活规律没变化，但雁群中的成员却发生了变化，或许飞往北方的成员已不在其中了，或许飞往南方的雁群中加入了新成员。

这首《从未给夜晚下定义》的诗，在第一节写到了读书、秋收的土地和飞往南方的雁群等三个不同话题。这三个话题之间好像没有关联性，只在意与诗的主题吻合。

诗的第二节写:白桦树睁着眼睛,困了/想到那些风车/一直不晕。第一行诗句是把白桦树当成人来写,赋予了白桦树人的表情。人困乏时打盹,诗中写白桦树睁着眼睛困倦了。诗人怎么观察到白桦树困了呢?我推测诗人是想表达一种思想,想诉说一种意境。这是什么思想,又是什么意境呢?在这行诗句中是看不出来的。

第二行诗句写:想到那些风车。第一行是写白桦树,第二行是写风车,风车与白桦树两者毫不相干,诗人把两者放在一起,运用跳跃性写法巧妙构思,凝练成诗句。

第三行诗句写:一直不晕。直观理解这句诗文,就是头不晕。

读过这节诗句后,能感觉到想表达的思想吗?我认为不能,那么,带着不解与猜测,接着往下读吧。

诗的第三节写:野蒿覆盖小路,汉字里穿行/一滴水异乡瘦弱/迎向火焰,吹起口琴,心就湿透了/饮尽杯中山水/夕阳无人认领,坐在山下/从未给夜晚下定义。第一行诗句写"野蒿覆盖小路",这句诗意简单,在乡村生活过的人都知道,在田间小路两边是草丛,野蒿生长遮盖住了小路。但后面的"汉字里穿行"是什么含义呢?我认为是表述心情。

第二行"一滴水异乡瘦弱"。诗句中的"一滴水"又是在"异乡瘦弱","水"不用过多解释,但水与"异乡瘦弱"组成诗句就不好理解了。"瘦弱"通常是写人或动物,几乎很少有作家或诗人把"瘦弱"比成水。诗人王恕女士这么写了,写得这么自信。她在这行诗句中写的是什么意思呢?我一时没读懂。虽然暂时没读懂,但感觉诗的语言比较好。

第三行"迎向火焰,吹起口琴,心就湿透了。"写迎着火焰吹口琴,描写是明了的,可是后面的"心就湿透了"有点不好理解。只从这一行诗句解读是比较难的,假如联想到前一行"一滴水异乡瘦弱"的诗句,把两行诗句连在一起分析,相对就好理解了。诗句"一滴水异乡瘦弱"与"心就湿透了"能想到身处异乡的人,由人想到感情。在"一滴水异乡瘦弱"这行诗句中写的"水",应该是指感情。而在"心就湿透了"这行诗句中的"湿",应该是心情不好或伤感的状态。这行诗句的诗意是,面对火焰吹着口琴,心情有些忧伤。在夜晚,对着火焰,吹着口琴,这是多么伤情的场面。

紧接着的这句"饮尽杯中山水"是夸张性的描写。

之后的"夕阳无人认领,坐在山下",可以读成坐在山下,看着落下去的夕阳。但"无人认领"是何意呢?顾名思义,认领就是被领走。夕阳行走在落下去的路上,没人认领。谁能领走夕阳呢?我推测诗人可能是写自己的心情。诗人在夕阳下落

时，一个人坐在山下，有着寂寞与孤独，有着无处可归的心情。

最后的这句“从未给夜晚下定义”是这首诗的中心聚焦点了。从直观理解就是没给夜晚做出任何结论，整首诗应该也是这个主题。

虽然诗人王恕女士这首《从未给夜晚下定义》的主题明确，语句简洁、凝练、好读，但诗意不易读懂。

阅读她的诗应该具备一定文学素养，或思维跳跃比较大才行。如果一字一句阅读，会有找不到头绪的感觉。

这就是诗人王恕女士所说的“野孩子”风格吗？

只凭一首诗或一部作品，就给某位作家或诗人的创作风格下结论，有点太早了，会产生误读。因此我们不妨再读一读诗人王恕女士的这首《秋天敞开端口》。

诗人王恕女士在《秋天敞开端口》一诗中写道：

秋天敞开端口，站成一句话
无声地淹没行囊
夏已淡出，季节有没有 n 个去处

太阳摇动七彩折扇
一场场盛大演出递次排列
大自然早已暗喻，一枝一叶
果实云游，江河裸奔
云开始不吝啬眼泪
没有得到就无所谓失去
臂膀酸酸，土地举累了，也会放手裁剪
摄像头上一窝雏燕正放单飞
意象爬过眼睑
蝴蝶把高楼当成了森林

远方更远形如香炉
那些麦田怪圈，令人咋舌

这首诗的第一节写:秋天敞开端口,站成一句话/无声地淹没行囊/夏已淡出,季节有没有 n 个去处。这节诗意是秋天来了,夏季离开,季节的交替不禁让诗人去思索:季节在转换时是否有另外的选择。

这两句“站成一句话/无声地淹没行囊”的诗文,有意把季节比喻成人,把秋天与夏天的交替比喻成人的行程。

诗的第二节写:太阳摇动七彩折扇/一场场盛大演出递次排列/大自然早已暗喻,一枝一叶/果实云游,江河裸奔/云开始不吝啬眼泪/没有得到就无所谓失去/臂膀酸酸,土地举累了,也会放手裁剪/摄像头上一窝雏燕正放单飞/意象爬过眼睑/蝴蝶把高楼当成了森林。这节诗文是写在秋天里,自然界丰富多彩,景观变化及飞鸟的生活习性。

第三节写:远方更远形如香炉/那些麦田怪圈,令人咋舌。这节是诗的结束语,有着把前面的诗意凝聚在一起的用意。

诗人王恕女士在《秋天敞开端口》这首诗中,语句跳跃性大,诗意抽象,好像只为呈现一种场景,而不是在写某件事,某个景观。

这首《秋天敞开端口》在写作手法上与《从未给夜晚下定义》看上去有些相似。虽然两首诗读起来都感觉轻松,但找不到明确的诗意。不是找不到诗意,而是诗人王恕女士把诗意埋藏得太深,让人不容易读出来。

那么再读一读诗人王恕女士的《烘干鸟鸣》这首诗,看这首诗是否延续了前两首诗的创作手法。

诗人王恕女士在《烘干鸟鸣》这首诗中写道:

夜,双手交叉
像思想深邃幽雅的隐者
目测,心莲每一次开合
闪电快速在天空植下一棵棵树
却跌落海床

触摸灵魂的温度
一场夏雨淋湿鸟鸣
暖阳乍现
睁开眼已回到最初
被爱瞅落的星月如茶
沉入杯底栖息

有你就是晴天
即使云飞雨过
都不会输给梦

我在读《烘干鸟鸣》这首诗时，心静得如同没了脉搏，没了心跳，似乎想用最静的思维寻找出诗的内涵。

这首诗的题目是“烘干鸟鸣”，这是诗的中心思想，诗意应该围绕诗的中心思想展开。然而，在诗中几乎找不到有关鸟的诗句。当然，不直接写有关中心思想的诗句也是诗创作中的一种风格。但是，不呈现不等于没有，不等于不存在，而应该是潜藏性存在。

我认为《烘干鸟鸣》这首诗的中心思想是潜藏性的，并且潜藏得非常深。诗句前几行写了夜、心莲、闪电、海床及灵魂等许多事物，这些事物有的抽象，有的形象，也有一定的逻辑性。但是，在做了大量铺垫之后，只写了“一场夏雨淋湿鸟鸣”。她写的诗句距离诗的主题似乎较远，好像与主题无关。

这行“一场夏雨淋湿鸟鸣”的诗句出现后，诗文发生了大转换，写到了暖阳、星月、杯底等景物。此后，再没出现与“烘干鸟鸣”有关的诗文。

这种风格的诗，如果按照常规读，是难读懂的。

诗的主题是“烘干鸟鸣”，如果在诗中体现不出来这种意境，无疑是创作上的失败。那这首诗的诗文中是否体现出了中心思想呢？

我把这首诗的语句从前到后梳理了一遍，寻找诗意。我发现诗意深深藏在其中，如同一个人隐藏在森林中似的，只有努力寻找，才能找得到。

诗人王恕女士这首《烘干鸟鸣》诗，让我费了许多心思才读懂，我不知道别的阅读者是否愿意这么费神读。

我读过诗人王恕女士的《从未给夜晚下定义》《秋天敞开端口》《烘干鸟鸣》三首诗后，感觉她确实是诗创作中的“野孩子”。她的诗风与众不同，不按套路出招，诗文悬念大。当然，不同的诗风才能体现出文学的多样性；如果如出一辙，就没新意了。

虽然我喜欢诗人王恕女士的诗，但不知道别人是否喜欢。我得提醒王恕女士考虑读者的心思，在浮躁的生活中，读者能怀揣猜测的心情读诗吗？

北大荒的黑土地是一片沃土，不只有万亩良田，还有一望无垠的荒原。荒原上生长着茂盛的红蒿白草。祝愿这位诗界的“野孩子”能走出创作的荒原，在诗界顺利前行，也希望众人接受她。

在诗界多一位风格不同的诗人，不也很好吗？

附：王恕的诗

1. 泥沼上的脚印

心，藏在壳里
沿一道裂缝掰开
花朵打个喷嚏，蜜蜂吓一跳
纤小的水鸟蹦跳着
好像故意要在泥沼上
印满自己的足迹

太阳留下天空的请柬
长出一片片羽毛

远山唇动
一堆木头挤在站台边
低低地诉说身世

2. CZ6147 航班

走进 8 号登机口，像探身雨后
吐蕊的莲花
“大鸟”习惯了吞吞吐吐

万米之上，泛舟，看不见
倒影濯洗心肺
不担心口罩尺寸太小
各种流派诗画自动展演
把握中枢神经
别坠入逆向巡逡的鸦群
云缝间俯瞰大地
如中魔法，满脸褶皱
城镇乡村棋子散落
羊群失血后贴近舷窗
河流柔肠百转……

曾经仰望
飞起来不只是靠自己的翅膀

3. 影子原本有血有肉

北方洗过脸，沙尘销迹
一场流星雨爬上藤蔓
彼此装作不认识
挂在那儿打量
无法分清哪朵花最先着陆
陌生属地
麻雀三两只结伴抖着尾羽
啄食细碎阳光
影子原本有血有肉
叮咛如茶，过滤后，鸟儿衔给远山

比不得徐志摩
除了痛，我想从黑土掌中
偷走一抹乡情

王恕：女，五大连池人。黑龙江省作家协会会员。作品发表在《光明日报》《星星》诗刊《诗选刊》《北方文学》《散文诗世界》《北大荒文学》等数十家报刊。诗歌入集多种选本。已出版诗集《秋林桦影》。

如果你有鹰的心愿，就让诗的激情在蓝天上飞翔吧

——读清秋诗《鸽子》

我注意到清秋这位诗作者的名字是在2018年5月21日晚上22点之后，当时我注意到了她的作品，但不知道她的真名，亦不知清秋这个人是男还是女，但凭感觉我认为清秋应该是位女性作者。我当时问与清秋交往较多的姜灿辉先生，姜灿辉先生说清秋可能已经睡了。这么晚了，她是应该休息了。我决定采用清秋的诗，在近期刊用。

第二天早晨我跟清秋通了电话。果然她是女性，这是我意料中的。但我没想到她是位年近50的女性作者。她的诗句充满激情，如同小青年那么激情澎湃。其实只说激情还不够，好像还有着战斗力和呼喊声。这种表述在她的诗句中非常明显。我在跟她交流时，她温情，语速缓慢，是贤淑的女性。她读过大学，在企业做领导，多年职场上的磨炼，加上文化修养，二者融在一起，让她成为素质较高的诗作者。我在跟她交谈时感觉不到她的激情，甚至没有一点刚烈的迹象。然而，她的诗句却非常激昂，如同战士，如同愤青……这种感觉来自于她的诗句。我从她的诗作《鸽子》中能充分感受到这种激情如同烈火在燃烧。她在诗作《鸽子》中写道：

鸽子在蓝天自由飞翔
从诺亚方舟飞来
身兼使命
俯瞰大地
洪水退去
你捡起一枚橄榄枝
飞越千山万水
历经暴风骤雨
为人类报告和平的信息

从此
更大 更艰巨的使命临到你
世界和平的使者

你从远古飞来
历经磨难
群雄争霸
割据一方
世界列强 逐鹿中华
国破家亡
都是你的痛
你要用你的微薄之力
扛起和平的大旗

你不辱使命 不负重托
带给人们心灵上的慰藉
美好的向往
尽管你是伤痕累累 身心疲惫
仍然振翅高飞
没有雄鹰搏击长空的力度
却有在蓝天俯瞰博大胸怀
博爱在心
天空是你的家
地上生灵是你的家人
你要守望
你要看护
你的愿望
普天下的生灵和睦相处
共享蓝天净土

穿越历史的悲怆

穿越战火纷纷的年代
经历了无尽的苦难
依然牢记使命 初心不改
给人类带来和平 美好 希望
高飞 高飞
拼尽全力

如果说诗作者清秋女士在这首诗中写的主体是鸽子，我认为不如说是在借用鸽子写雄鹰的情怀与心愿。虽然我们都知道鸽子是和平的使者，但鸽子飞行时是需要好的天气环境的，没有好的天气环境鸽子是不愿意在空中飞行的。虽然作者写的天气环境适合鸽子飞行，但那种寄托的情思却是鸽子难做到，甚至根本无法做到的。比如作者在诗的第一小节中这么写：鸽子在蓝天自由飞翔/从诺亚方舟飞来/身兼使命/俯瞰大地/洪水退去/你捡起一枚橄榄枝……从这段诗句中我们可以断定完全是写鸽子的，鸽子作为希望的寄托，也符合作者的心情。但是作者笔锋一转，写到"飞越千山万水/历经暴风骤雨"，这两句诗文就改变了诗情的趋向与诗意的深度。鸽子可以飞越千山万水，但是鸽子在暴风骤雨中飞行是少见的，如果鸽子在这种恶劣天气环境中飞行，只能是不情愿的。如果鸽子在暴风骤雨中飞，那不是鸽子正常飞行的生活方式，而是一种被逼无奈的逃生行为。作者这么写如同在借用鸽子反映雄鹰般的力量与决心，然而作者却没有写雄鹰，这不难看出作者在诗创作上的娴熟与思想深度。

我们从这首诗的第三小节中更能感受到作者的这种心情。作者在第三小节中写：你从远古飞来/历经磨难/群雄争霸/割据一方/世界列强逐鹿中华/国破家亡/都是你的痛/你要用你的微薄之力/扛起和平的大旗。作者在这段诗文中没有写鸽子飞行的美丽，而是写鸽子的责任和使命。可是鸽子的使命通常不是作者说的这样，鸽子的气魄也没有这么大。这种气魄来自作者的内心，来自作者的激情与志向。但这种激情鸽子是代替不了的，如果用雄鹰比喻会更好。可是作者没有写雄鹰，这就引起了我的兴致，也为后面的诗句留下了更广阔的书写空间。

作者在第四小节中写到了雄鹰，这么一来完全能证明作者在写这首诗时已经想到了雄鹰，有着雄鹰般的心愿与激情。可是在第四小节中她依然写到：你不辱使命不负重托/带给人们心灵上的慰藉/美好的向往/尽管你是伤痕累累　身心疲惫……读过这段诗文后，我突然感觉到了作者有情绪落差，上面那段激情无限，并且流露出激愤的表述，到这段时却缓慢下来，缓慢到了有点哀怨的程度。当这种情绪刚刚涌现出来时，还没完全占据我心情的领地时，突然诗文一转，作者如同倾诉似的写到：没有雄鹰搏击长空的力度/却有在蓝天俯瞰博大胸怀/博爱在心……这段诗句让我豁然开朗，茅塞顿开，如同阴云过后再现蓝天，进一步阐明了作者的心情与愿望，同时也证明了鸽子只是作者借用的写作主体，并且是与雄鹰有着对比，这应该是双线写作手法。

作者既然想到了雄鹰，也有着雄鹰般的志向，那她为什么没有直接写雄鹰而写了鸽子，把鸽子作为这首诗的主体呢？我认为这就是作者的高明之处，这就是作者在写诗手法上的娴熟表现。

假如作者把这首诗写成《雄鹰》而不是《鸽子》，那么从直观上来讲就没新意了。人们知道雄鹰是烈性飞鸟，具有在暴风骤雨中飞行的本领，也具有飞越千山万水的能力，这么一来作者在写作手法上会受到限制。另一方面作者是想表达向往和平的心愿，显然用雄鹰作为诗的主体也不符合情理。如果直接写雄鹰，充其量也就能体现出作者的心愿，而不能展现出作者对诗写作的成熟，更不能体现出作者对诗艺术的把握深度。而作者用写鸽子来做这首诗的写作主体，那就完全不同了。鸽子象征和平，本性温顺，不刚烈，能体现出作者的情怀与思想，在思想容量上占了优势，扩展空间极大。

我童年在黑龙江北大荒生产建设兵团二师十七团生活时，经常去我叔家。我叔家在生产连队，连队只有几十户人家，红砖瓦房，四周是大片田野。夏季的麦田，秋季的玉米和大豆地都呈现着北大荒是粮食重要生产地。我叔家养了一群鸽子。他是他们连队唯一养鸽子的人。他养的鸽子最多时有数百只，青天白日时成群的鸽子飞到田野中觅食，在蓝天白云中尽情飞舞，展现美丽的身姿。当天空阴云密布，还没降雨时就飞回来了。读了清秋女士的《鸽子》，让我想起了已经过去数十年的生活记忆，同时也让我想起了在 2018 年第 4 期《北极光文学》杂志上刊发的小说《鸽子》。这篇小说是中国作家协会全委会委员、山东省作家协会副主席、小说委员会主任赵德发老师推荐给我的。这位作者也是女性，是位警察，在小说《鸽子》中写的也是一种心情。但小说与诗的表述方式完全是不同的。

清秋女士的《鸽子》这首诗也让我想起了高尔基的作品《海燕》。清秋女士的诗情与高尔基的《海燕》有很多相似。高尔基的《海燕》是散文诗。散文诗与诗也是有区别的。何况清秋女士写的《鸽子》与高尔基写的《海燕》在创作年代、社会环境等方面更是不同。高尔基的《海燕》是反映 1905 年俄国革命前急剧发展的革命形势，歌颂了俄国无产阶级革命先驱者不朽的形象和坚强无畏的战斗精神，而清秋女士的《鸽子》是在人们安居乐业，国家处在繁荣、蒸蒸日上时写的。这使我对清秋女士创作这首《鸽子》的出发点产生了疑问。

清秋女士为什么这么写呢？

她是受到中美贸易争端而发吗？

她是受到南海之争而发吗？

她是受到国家“一带一路”的政策而发吗？

……

清秋女士是热爱生活的人，也是有爱国情怀的人。她在这首诗的结尾处写着：穿越历史的悲怆/穿越战火纷纷的年代/经历了无尽的苦难/依然牢记使命　初心不改/给人类带来和平　美好　希望/高飞　高飞/拼尽全力。这足以证明她是热爱生活，热爱国家，有志向的女性。她是在用鸽子这一精灵来烘托内在的激情。实际上她有着雄鹰般的愿望与志向。

不过她写的这首诗生不逢时，如果出现在战争年代，能得到迅速关注、推广，有一夜成名的可能性。然而，现在的人们处在柔情蜜意的生活中，关心自己的小生活、小家庭，淡化了对国家、社会深刻的认知，所以这样的诗句容易被忽视，不易被接受。

我个人认为清秋士写的《鸽子》这首诗是有别于其他女性诗作者的作品，也认为是成熟的诗作。祝愿她在诗创作中如同鸽子在天空飞行似的美丽，更希望她把雄鹰般的心愿释放出来，用满怀的创作激情写出更多更好的作品。

清秋女士，如果你对生活，对诗创作有雄鹰般的心愿　那就让你创作的激情插上翅膀，无所顾忌地在蓝天上飞翔吧！

发表于 2018 年第 4 期《牡丹》杂志（山东菏泽市文联）

发表于 2018 年第 11 期《北极光》杂志（黑龙江大兴安岭文联）

附：清秋的诗

1. 踏　青

郊外

阳光明媚

早春的风

带着花的芳香

夹杂着泥土和小草的清香

弥漫空中

精灵般的钻入鼻孔
满天的风筝在春风里恣意荡漾
采几片花瓣
寻一缕春风
点燃篝火
煮一壶花茶
倾听花开的声音
唯愿岁月静好

2. 幸　福

幸福是一种感觉
它藏在彼此相让的一碟青菜里
藏在二月的春风里
开冰封
绿大地
醉桃花
它藏在人们的心底

然而
最初的幸福　是痛苦的
它被欲望　贪婪　重重包围
在人们心里厮杀　搏斗
鲜血淋淋　惨不忍睹
有的惨死在欲望　贪婪里
有的冲出重围
弥漫在心里

幸福是一种感觉
无论你身在何处
拥有什么
拥有多少
都与它无关
它由内到外荡漾出圣洁的光辉

幸福是一种感觉
一种精神
与物质无关
它在心里
写在脸上

3. 秋　葬

问秋风　秋雨
满池残荷
问北雁南飞　寒烟阵阵
霜临——注定成为秋的生死劫
无需悲悲切切　戚戚惨惨
看那满院的菊黄
满山的红叶
盛装出场　轰轰烈烈
陪秋走完生命的最后一段历程

季节如此
人心使然
命运之河　如果注定一场劫难临到
无论你多么的悲伤　难过
一声叹息　流年经过
那些说出的痛　无法诉说的痛
轰轰烈烈
与秋同葬

4. 醉　美

裁一片云霞
做衣裳
长歌一曲
醉美人　似依偎
舞一曲霓裳羽衣
醉酒人生有几回
妖娆艳态
云鬓微乱
香肩　酥胸　凝如玉
纤纤玉手
一杯相思 更向谁
一袭红纱
遮不住满眼清愁

清秋：河南洛阳人。大学毕业。闲暇之余喜爱音乐、阅读、旅游。偶有所感，倾注笔墨。

留在记忆中的古老风情

——刘骏娇诗中的历史情结

刘骏娇是贵州省清镇市一位90后女大学生，土家族。她成长在云贵高原，曾在武汉中南民族大学读新闻传播专业，大学刚毕业，就被《当代贵州》杂志社录用了。

她的求学生活游走在贵州与武汉两地之间。

武汉是依偎在长江岸边的繁华城市，清镇市是在云贵高原的黔中腹地，为苗岭山脉北坡的县级市。她对家乡的山地、丘陵、花草树木、父老乡亲是熟悉的，这是很好的写作资源。她去武汉读大学拓宽了生活面，开阔了视野，在文学创作上是素材的积累。她理应把创作着落点放在贵州家乡的自然风貌、乡土人情上，也可涉及武汉的城市景观、市民生活，然而，她的文学触角既没放在武汉的城市生活上，也没落在云贵高原的自然风貌上，而是延伸到了与自己生活十分遥远、缥缈的历史风情中。

从事文学创作的人知道写熟悉的生活，或写与自己生活相关的作品，相对而言是比较好写的。作者对熟知的创作素材能把握得恰到好处，在艺术修饰运用上能游刃有余；如果写与自己生活毫不相干或陌生的素材，难度相对就比较大，作品结构就更难驾驭。

刘骏娇选择了知难而上，她在写历史建筑与文化传承。虽然她对这些久远年代保留下的建筑物陌生，但能把感觉融入其中，文思游走其间，诗文写得自如随意。

我感觉她的思想超出了年龄，与她的年龄不匹配。

我读过一些大学生写的诗，作品多数是写时代感的，或写虚幻的感觉，写历史方面的比较少，更不用说写出沉稳而幽静的诗作了。

当然，这是正常现象，年轻本身就是处在人生中的浮躁期。

可是，刘骏娇的诗没有青春气息，没有虚幻，而是沉实的。她在《夕照寺》这首诗中写道：

红日在长街西沉
拖着长裙
追赶夕阳

街旁古树参差
向风轻轻挥手
撒下一片星光
青砖灰瓦的记忆
承载着丝丝柔情

幽幽古寺中传来
久绝的渺渺琴音
消散了离愁悲欢
远离繁华的夕照寺
少了车水马龙的喧嚣
多了来自远方的问候
心存一方净土
传送古朴温情

历史伴随岁月流逝
文人墨客
英雄豪杰
诗与田园
佳话传颂
夕照寺的每个角落
留着记忆古老风情

我读《夕照寺》这首诗时，没读出现代生活的感觉，而是感觉到了深沉与幽静。诗如画面，但看不见现代生活中的喧嚣与车水马龙，而如同面对古时恬静的生活。

实际上我在读《夕照寺》这首诗之前，对诗中写的地方并不了解，神州大地广阔，寺庙繁多，名称相似的多，以为她是写贵州某处寺庙景观，或有重名之地，不能确定。我在查阅相关资料后，才知道她写的就是北京的夕照寺。

北京的夕照寺我是知道的。

夕照寺原为南城大寺，始建年代不详，根据各种史料记载，可能始建于元末或明朝前期的正统与景泰年间。寺院坐北朝南，由山门、大雄宝殿、大悲殿、方丈院、后院砖塔等建筑物组成。其山门殿上有石额，上题“古迹夕照寺”。

因为中轴线上有山门殿，山门前曾立有大红影壁，在夕阳西沉时，光线折射使大红影壁红光闪闪，因此得名“夕照寺”。

寺内最负盛名的是大悲殿壁画。在大悲殿左壁上有大兴王安昆题写的梁朝沈约的《高松赋并跋》，在右壁上有画家陈菘所画的《古松图》。双壁上的书画是夕照寺文物珍宝。

在明正统年间，爱国民族英雄兵部尚书于谦曾多次到访夕照寺。寺僧普朗请于谦为古拙俊禅师所作的《中塔图》题诗。于谦的诗收录在乾隆年间《三希堂石渠宝帖》38 卷中。

在初步了解了夕照寺的相关情况后，再读刘骏娇的《夕照寺》诗作就比较好理解了。

作者在诗的第一节写：红日在长街西沉/拖着长裙/追赶夕阳/街旁古树参差/向风轻轻挥手/撒下一片星光/青砖灰瓦的记忆/承载着丝丝柔情。虽然这首诗是写夕照寺，但在这一节中没提夕照寺，如同夕照寺与诗无关，只是写景色。这节诗文对景观的描写十分沉实。这是在写黄昏时的景象，是对太阳将要落下时的描写。太阳落下，余晖如同长裙，追赶夕阳。夕阳是由太阳转化过来的，这里是形象性衬托。拖着长裙，指的是太阳运行过后的余光。街边古老的树枝在风中摆动，如同在迎接星光到来。砖瓦的建筑物沉寂在那儿，印证了历史，记载了岁月的痕迹。

读过这段诗句能感觉到深沉的美。

美中的情，情中的意。诗中的意境是双重性的，意境的感觉大于直观。

这首诗的第二小节写：幽幽古寺中传来/久绝的渺渺琴音/消散了离愁悲欢/远离繁华的夕照寺/少了车水马龙的喧嚣/多了来自远方的问候/心存一方净土/传送古朴温情。这段诗文虽然提到了寺庙，可依然没写寺庙内的场景。诗中写：幽幽古寺中传来/久绝的渺渺琴音/消散了离愁悲欢……从诗句中能看出作者处在的位置。既然是从寺庙内传出的声音，那么，显然是在寺庙外，也许与寺庙之间稍微有些距离，但不算远。四周非常安静，不然，感受不到寺庙的幽静。作者的思维面广阔，不只限定在寺庙周围，而想到了远方。

诗中接着写：远离繁华的夕照寺/少了车水马龙的喧嚣/多了来自远方的问候/心存一方净土/传送古朴温情。寺庙处在远离城市的地方，较为偏僻，相对安静，容易被遗忘。虽然寺庙没在主街上，却没被人们遗忘，各地来这里游览、观光的人很多,而这里呈现给人们的是古朴风情。

寺庙在用古朴风情迎接八方来客，八方来客到这里是对寺庙的探寻与关切。

这一节里的诗文是思想的扩展,也是艺术的延伸。

诗的第三节写:历史伴随岁月流逝/文人墨客/英雄来客/诗与田园/佳话传颂/夕照寺的每个角落/留着记忆古老风情。这一节是在写夕照寺的历史价值,也在回溯远古时期的生活场景。这段诗文体现出了作者的想象与寄托。从前的夕照寺是什么样作者没见过,诗中对先辈们留下的印记多数是想象,那时的生活环境跟现在决然不同,相同的应该是自然环境。古代时的环境应该更原始,更荒凉。

我在刘骏娇的《夕照寺》这首诗中没找到一丝学生的稚嫩与轻飘,感觉思想过于成熟了。虽然诗的行文有不足之处,但已经比较老练了。

假如凭《夕照寺》这首诗给作者的文风下结论早了,那么,我们不妨再来读一读作者的《长城》这首诗。

刘骏娇在《长城》这首诗中写道:

墨黑青石斑驳的碎影
有多少心酸　孤独
蜿蜒　纵横万里
相承古老印记
在风雨飘摇时光里
观烽火征战的岁月
叱咤风云的英雄
已化作缥缈青烟
昔日的瞭望褪去
长城内外往事如风
驻足回首
高山串起层层思恋
行囊里背上赤诚的决心
英雄一比高下
无情年月的伤痕

褪去繁华与风霜
化为睿智与沉淀的风骨

当我们提到万里长城时，就会不由自主地萌生起民族气节。特别是在 1984 年香港电视剧《霍元甲》播出后，剧中那高昂、激情的《万里长城永不倒》主题歌，对民族精神起到了渲染作用。

那年，全国各地大街小巷到处在回响这首歌，人们的爱国情怀高涨。歌中唱道：昏睡百年国人渐已醒/睁开眼吧小心看吧/哪个愿臣虏自认/因为畏缩与忍让/人家骄气日盛/开口叫吧高声叫吧/这里是全国皆兵/未来强盗要侵入/最终必送命/万里长城永不倒……这首歌在神州大地上盛行，广泛流传，一时间成为众歌星争唱的歌。

这是一种英雄似的豪情壮志。

这是一种民族精神。

虽然刘骏娇写的《长城》这首诗，跟《万里长城永不倒》这首歌，两者都是以万里长城为主体，但在写法上是不同的，作品意境也不同。我们听到、读到的感觉也不同。诗中有着忧伤与怀念。如果单说忧伤与怀念是诗的主题，却也不完全是，怀念与忧伤只是诗的情。诗中有着历史情绪，有着感慨与抒情。比如：墨黑青石斑驳的碎影/有多少心酸　孤独/蜿蜒纵横万里/相承古老印记/在风雨飘摇时光里/观烽火征战的岁月。这几行诗文是描写万里长城的现状与经历过的风雨岁月。

而作者接着写道：叱咤风云的英雄/已化作缥缈青烟/昔日的瞭望褪去/长城内外往事如风。这几句诗文写的是不管是多么英勇的历史人物最终都将离世，如同青烟悠远而去。现在长城的作用跟从前不同了，失去了原有的作用，成为历史的见证与记载。人的生命在岁月中会消失，留下的是如风往事。

诗文接着写：驻足回首/高山串起层层思恋/行囊里背上赤诚的决心/英雄一比高下/无情年月的伤痕/褪去繁华与风霜/化为睿智与沉淀的风骨。这几行诗文写出了两种意思：其一是说明了作者的身份，她来到此地，见物情动，引发了思想变化；其二是广泛用意，这种情感可以放在所有人身上，虽然人会老去，但业绩会保留下来，成为生命的延续。

我在读过《长城》和《夕照寺》两首诗后，心情非常静，陷入了深思。我思考的不是诗的艺术性，而是作者写诗的出发点是从哪来的。

虽然作者年轻，生活经历不多，阅历不深，可是，显然受到了良好的艺术熏陶，有着很好的文学写作感觉。

我认为一是天赋，二是与生活环境有关。

她可能继承了父亲的写作基因，她父亲是位文学爱好者。虽然她父亲不是名人，但文学基因是存在的，她父亲的基因遗传到她身上，会发生转变，有可能发扬光大，突显出来了。

生活环境也影响了创作思维。

刘骏娇是在武汉读的大学。武汉是湖北省城，是中部六省唯一的副省级城市，这里是重工业基地。世界第三大河——长江，及其最大支流汉江横贯城中。这是一座历史文化名城，是楚文化重要的发祥地。作者在读大学的几年里是吸收知识最快的阶段，她的文学创作思维应该是在这时渐渐形成的。

作者成长在云贵高原的清镇市，那虽然是县级市，可生活着彝族、白族、傣族、壮族、苗族、回族等多民族。民族的多样，有着历史渊源文化，作者年幼时便被历史环境浸染着。

从作者的成长环境和读书环境来看，跨越地区比较大，异地生活的差异性融合最终转化成了思想……这或许是她形成历史情结的最大原因。

我在读刘骏娇的诗时，不禁想到了张艺谋拍摄的《十面埋伏》《满城尽带黄金甲》等历史电影。张艺谋的电影能成功，不只是故事特别，而画面的唯美也是因素之一。

那种美安静、情真，能触动心弦。

我喜欢那种美。

我认为刘骏娇写的《长城》和《夕照寺》两首诗，跟张艺谋拍摄的历史电影有相似之处，异曲同工。这种夹带历史情结的诗有艺术深度，好读，如同留在记忆中的古老风情，在诗界慢慢流传。

发表于 2018 年第 12 期《北极光》杂志（黑龙江大兴安岭文联）

附：刘骏娇的诗

1. 南湖的岁月

晨光中的你虚幻缥缈
空中流露着丝滑的韵味
跟随骄阳似火的夏天
带来一份期望
是新旧的交替

是吐露芬芳的开始
是任天高鸟飞的自由
也是歌唱青春的最美旋律
蓝纱下传来一阵欢声笑语

炉火中的你热血方刚
恰如火石碰撞间的火花
尽情释放喷涌的热情
生生不息不灭
是沉浮的较量
是拥抱生活的开朗
是扬帆起航的决心
也是寻梦烟海的深处呐喊
构成一张张记忆中的相片

黄昏时的你恬静柔美
那灿烂的霞光万里如锦
引得无数人驻足向往
橘色盛开一片
是远近的牵挂
是彼此忠诚的思恋
是褪去浮躁沉静的面貌
也是静听细水流长的往事
乘风而去抓住夕阳的尾巴

夜幕下的你星光闪烁
湖面波纹浅浅轻风拂面
低吟人生的芳华年光
青春似水流年
是快慢的交织
是纪念散场的不舍
是知遇他乡内心的眷恋
也是寄语未来的远方之歌
梦醒了人依旧　路也要继续

刘骏娇:女,土家族,90后大学生,作品有短篇纪实《一个远征军的乡村情怀》,散文《快乐的红蜻蜓》《南湖情》《穿过离情的隧道》,诗歌《南湖的岁月》《中轴线上的宫城》《夕照寺》等。

险些丢掉写诗的才华

——简谈木君和她的诗

我见过木君女士,她个子不高,神态阳光,要比实际年龄年轻很多。我见到她就想到她的诗了。在没见到她之前,我读过她的诗。

她的诗给我留下了很深的印象。她发来的诗稿文件格式另类,不是常规文件格式,编辑、修改时麻烦,费时,假如别的作者的诗稿需要用 1 个小时,那么她的诗稿就得用 3 个小时,编辑她的诗稿是编辑别的作者诗稿的好几倍时间。我编辑她的诗稿有点头痛,有点棘手,有意让她调换诗稿文件格式,不要这么麻烦,这时才知道她年龄有点大了,不会用电脑,是用手机写诗,她的诗也是通过手机发来的。

她客气地说:“谢谢你们帮我改诗。”

的确,她的诗稿在发表前是需要重新整理的,不然是不能发表的。不说诗文质量怎么样,只是从诗稿文件格式上就得调整。对我来说,调整文件格式比修改诗文占用时间多,也比修改诗文麻烦。我对诗稿还懂点,但对电脑就陌生了,我对电脑软件的运用只限于打字、编辑等简单的操作。因为木君女士的诗稿文件格式另类,不改不行,能不费工,不头痛吗?

虽然修改木君女士的诗稿费工,可我还是愿意帮她调整的。如果不帮助她调整,不能发表,我会从心里萌发出可惜的感觉。她有文学功底,诗写得有艺术性,值得修改。

我的这种感觉完全来自于木君女士的诗文。

她在《上天的恩赐》一诗中这么写:

上天的恩赐
相遇仍然那样陌生
路就延伸点点滴滴
记忆中的忘却
都用照片拼图
过目后

回头
美丽的秘密

上天已赐予玫瑰
怎知恋的河边
原来冥冥之中花绽放
坚韧不拔
心的方向盘锁着低沿街道
相册没有语言
把美记录在邮件
笑着羡人
又有谁知
那底片上有多少心血和汗水
密宠着你我他

上天的恩赐
从不说话
人生的告白
注册恩赐颜色的价位
回头聊
霎那间
灵魂已摊开心门
前进与陪伴
是条直线

当我读木君女士这首《上天的恩赐》诗时，猜测她是处在怎样的心情中时写的。这首诗有着青春诗的特点，也有着朦胧诗的迹象，而木君女士已经不年轻了，诗界也过了朦胧诗风行期，应该把她的这首诗归类为哪种诗呢？我想应该把这首诗归类为哲理诗吧。

这首诗的第一小节：上天的恩赐/相遇仍然那样陌生/路就延伸点点滴滴/记忆中的忘却/都用照片拼图/过目后/回头/美丽的秘密。我在读这首诗时，思考着“上天的恩赐”这个题目,思忖着木君女士为什么用这样的题目。

我想可能有意表达对往事的回想,在回想中有新的顿悟吧。每个人的生活经历都是不同的,所以想法与感受也不同。作家和诗人也是这样。因为有不同的生活经历,顿悟也是不同的,所以诗人和作家写出的作品也不同,各有千秋。

木君女士下过乡,人生阅历深,处事老练,从工作岗位退下来后开始读老年大学。这时她才开始写诗。她在学生时代就喜欢文学作品,对文学有着敬仰,但一直没写作,只在阅读,只在欣赏。她在风雨兼程的人生路上磕磕绊绊一程又一程走来,走到了老年,这时她发现生活中少了什么,人生中有些缺失,情感中有些遗憾,在思量许久过后,她顿悟出有一种心愿还没实现。这么说不够准确,应该说根本没做过,没往这方面努力过。

青春的年华已经逝去,年少的理想早已没了踪影,迎来的是退休生活,晚年生活。虽然这种生活悠闲,但与年少时的理想,青春时的梦想,相差甚远,如果不及时追回,距离会越来越大。现实与梦想发生了撞击,产生了灵性的火花。

这灵性的火花就是文学与人生的思考。

木君女士有意实现年轻时对文学的梦想,对文学热爱的火苗再次燃起。她想写诗,想写出有自己风格的诗,想成为诗人。

我认为她是在这样的心境中开始写诗的。

木君女士或许是把这种写诗的感觉称为“上天的恩赐”吧。

这首诗的第二小节写:上天已赐予玫瑰/怎知恋的河边/原来冥冥之中花绽放/坚韧不拔/心的方向盘锁着低沿街道/相册没有语言/把美记录在邮件/笑着羡人/又有谁知/那底片上有多少心血和汗水/密宠着你我他。第二小节的诗句是把第一小节想要表达的感情进行推进。诗中写上天已经给了这种机会,就应该努力坚持做。在努力过后得到了可喜的收获,当面对鲜花、笑容、让人羡慕的场面时,谁又会知道在收获的硕果中掺杂着多少心血与汗水呢?

这是理性的陈述。

这首诗的第三小节写:上天的恩赐/从不说话/人生的告白/注册恩赐颜色的价位/回头聊/霎那间/灵魂已摊开心门/前进与陪伴/是条直线。这段诗句应该理解为许多事情不是刻意求索,有时会自然到来。当机遇到来时应该敞开心扉迎接,抓住机遇前行,应该专心做事,不要走弯路。

我在读过木君女士的这首《上天的恩赐》诗后，没有一丝情动，反而平静得让我去思索这诗的意境。木君女士的诗能让激动的心绪平静下来，能增加理性思考，让人冷静面对问题与生活。

木君女士能写出这种理性的诗句，又能写得这么优雅，这么自然，也许跟她的生活有关，也许这是她天生的智慧与才华。

她写诗的才华在这首《蜕变》诗中，也体现出来了。这首诗是这样写的：

他撬动岩石
拂去尘土
千里马
不再低吟
厚重的责任
只有微笑陪着

千里马
扬起头
奔跑在无垠的草原
尽情欢跳
为绿色羡慕的风景展翅

疾速的光
那么绚烂
美和尊严共生
夕阳照亮青春的梦
伯乐却含笑不语

我读木君女士这首《蜕变》诗，感觉与《上天的恩赐》相同。如果说作者在《上天的恩赐》中表达的是“天生我才必有用”，那么这首《蜕变》则是在表达奔向成功的过程。

木君女士在《蜕变》这首诗的第一小节中写：他撬动岩石/拂去尘土/千里马/不

再低吟/厚重的责任/只有微笑陪着。这里指的是为理想而行动的状态。这个"他"可以理解为广义,也可以理解为作者本人。但在"撬动岩石"与"拂去尘土"这个表达上让我猜测不定,这两句诗文与下面说的事好像没有关联性,可作者为什么这样写呢?我认为是在表示决心与心态,在证明坚定的心态与精神。

作者接着写:千里马/不再低吟/厚重的责任/只有微笑陪着。这里是在用"千里马"来说有才华,有智慧的人。作者也许是在写别人,也可能是在写自己。努力与奋斗都是在责任与使命感的推动下前行的。

在努力的过程中心态非常重要。

这首诗的第二小节写:千里马/扬起头/奔跑在无垠的草原/尽情欢跳/为绿色羡慕的风景展翅。看上去诗句仍是在写马,这是毫无疑问的。骏马在美丽的草原上尽情驰骋,天地宽阔,欣赏着大自然的风貌。马离不开草,草原是骏马奔驰的最佳场所。这诗句写得贴切,也真实。如果单从这一小节去看,诗句不会另有别的含义,就是在写骏马。假如跟上一小节联系起来,是否可以推测作者是在用骏马暗示有志向,有才能的人呢?是否把草原比作了人的生活环境呢?我认为这种可能性很大,也是存在的。当有才能的人,有志向的人,身处好的生活环境,处在适合事业发展的工作环境,在事业发展进程中,就会如同骏马那样奔向理想的目标。

这第二小节写得非常阳光,写得非常洒脱,写得非常美。诗文全景展现得也好。

这首诗的第三小节证明我的推测是正确的,证明木君女士的确是在用千里马比有志向的人,也证明了这些诗句与作者有着或隐或显的关联。

第三小节这么写:疾速的光/那么绚烂/美和尊严共生/夕阳照亮青春的梦/伯乐却含笑不语。此处是在写生活环境,好的生活环境把青春时的理想照亮了,为了弥补遗憾,自己在努力争取机会,想多出成果,可是伯乐却没有表明态度。这里的伯乐是指发现与赏识自己才华的老师。

这段诗文写的是木君女士的心情, 也适用在她身上。

我在读过木君女士的《蜕变》和《上天的恩赐》两首诗后,可以断定她是有写诗才华的。我认为她能写出更多更好的诗,这就好比诗中写的,是"上天的恩赐"。

虽然上天恩赐给了木君女士写诗的才华与智慧,但在以往的生活中被她忽视

了，或许她没发现这个恩赐。她从年少时便开始喜欢文学，直到退休后才开始写诗。在漫长的人生旅程中，在久远的生活岁月里，虽然自己那么喜欢，却一直没去做，这是大意了，还是粗心，或是天意呢？其中又会错过多少发表诗的良好机会呢？

木君女士在退休后意识到了这样的缺失，她在努力赶赴，想加快脚步追上前方的人，补上落下的路程。

木君女士的努力有了收获，她在短短几年时间里出版了3部诗集。这是不小的硕果，我为她高兴。

其实在写作方面只靠努力是不行的，还得有天赋，没天赋不行。可有了天赋不努力，不把握好机遇，不勤奋更不行。勤奋与天赋及机遇三者必须结合起来，三项齐用才行。

上天恩赐给了木君女士写诗的天赋，可她一直没发现这个恩赐，没引起重视，险些错过写诗的机缘，险些把展示写诗才华与智慧的机会弄丢了。

如果木君女士今生没写过诗，没发表过诗，没出过诗集，我相信她的人生会留下遗憾的。还好，她最终从梦中醒来，如同千里马似的在诗创作的阳光道上驰骋。或许这就是上天的恩赐吧。

附：木君的诗

1. 城市的夜空

那一夜
我伫立在高楼的窗前
眺望着城市的夜空
天幽蓝着自己的胸膛
照亮城市的夜的裙装
看那排排亮亮的灯火
黄的蓝的红的嵌入眼睛
万家灯火璀璨在夜空下
像是天上人家
安静地陪伴那入睡的人儿
做梦
我爱这城市的夜空
我欣赏这城市的夜色
光辉闪烁得耀眼得五彩斑斓
在我的眼睛里看到繁盛的家园
人们在和平中享受欢声笑语
也静静地安宁地生活
城市夜空下美不胜收的夜
如画如幻斑斓灿烁
我只有澎湃激动的感慨
献给入睡安静的人儿
幸福在夜空美丽中
成真的美梦

2. 我爱您岛城的大雪

一觉醒来
一个声音
下雪了
窗纱轻掀
白茫茫一片
枝头挂满
人间染白
到处都是厚厚的白棉
啊
岛城第一场雪
你来了
那么轻
那么厚
轻的我没听见
厚的全是白棉
覆盖了山山水水
白的世界
我爱您这大雪
你清凉了我的世界
也消融了喧嚣的人间
欢乐却来到中间

3. 清洗一路的尘埃

瞬间移动了硬盘
相机下青春版
涂抹上芳香的白云
岁月这神偷
悄悄拍下从前的故事
把回忆返现
想要一个时间
煮雨的人生印记
时光不老
随秋殇别恋
已转移了话题
追忆似水年华
只有希望和坚定
没有更多的烈焰红唇诱惑
贴身保镖行走天涯
恋曲婉婷只留名字一个
位置安好
唱首歌来听听
舒服了心绪
也会延伸更多的诗意
生命的意义非凡搭档
有了浓缩的语言
搭档着夕阳红歌
挽着自己去看另一个人生

木君:原名王桂香。1968 年下乡知青。已出版木君诗文集 1《寸心千里》,木君诗选 3《热爱生命》,木君诗选 4《无尽的微风》。2016 年 86 首诗收入《中国文联文库》28 卷,2017 年 81 首诗收入《中国吟坛十八大家》。

抹不掉的记忆

——读王龙辉的诗二首

湖南诗人王龙辉先生在《一堵残墙》诗中这么写：

走进白色的小屋
屋里右边残墙格外显眼
黄泥的土墙上
露出竹片的脊梁
留下大大小小子弹狂射的弹坑
手枪、机关枪、步枪
密集的子弹，密集的弹坑
蜂窝一样

历经战火的洗劫
一堵残墙血泪中屹立
匪兵烧毁的房子
只是一间救命的小屋
一间小小的草药房

几层的药柜
每个格的小抽屉
白纸墨汁书写的草药名

原貌重修的白屋
新墙镶砌弹孔
这是记载历史的残墙

这首诗的第一节写：走进白色的小屋/屋里右边残墙格外显眼/黄泥的土墙上/露出竹片的脊梁/留下大大小小子弹狂射的弹坑/手枪、机关枪、步枪/密集的子弹，密集的弹坑/蜂窝一样。第一节的诗意可以分为三部分来解读。第一部分是由“走进白色的小屋/屋里右边残墙格外显眼”这两行诗组成，写出小屋是白色的，在白色的屋里，右边的残墙引人注目。

第二部分是由“黄泥的土墙上/露出竹片的脊梁”这两行诗组成，在写墙是由黄泥土砌成的，因为年月久了，泥土脱落，露出了内在的竹片。

第三部分是由“留下大大小小子弹狂射的弹坑/手枪、机关枪、步枪/密集的子弹，密集的弹坑/蜂窝一样。”这几行诗组成，诗中写墙上留有密集的弹坑，如同蜂窝一样，体现了墙的特殊及不同之处。

关于“手枪、机关枪、步枪/密集的子弹……”这是诗人联想出来的，当时用什么枪打出的弹坑，不能用目测立刻辨认出来。

这首诗的第一节写出了这是什么样的小屋，小屋的结构，还有小屋存在的历史性。现在是和平年代，没发生战争，屋中的战争痕迹是建国之前留下的。点明了小屋建造的时间及经历过战火硝烟的年代。

第二节写：历经战火的洗劫/一堵残墙血泪中屹立/匪兵烧毁的房子/只是一间救命的小屋/一间小小的草药房。这节写小屋遭到过敌人损坏。“匪兵”两个字写出了正义与非正义之间的关系。这是药房，或许是因为救过革命战士的生命，遭到了敌人仇恨，使得敌人对小屋进行了无情损毁。

这行“一间小小的草药房”写出了小屋的面积，写出了小屋的性质。这么小的小屋，只是救过人的生命，不是战略物资储备地，没有大的作战用途，不值得敌人损坏。以小见大，有意说明敌人对革命的仇恨。

第三节写：几层的药柜/每个格的小抽屉/白纸墨汁书写的草药名。这节写药柜的结构，还有存放的物品。物品是药单。因为小屋在战争时期遭到过敌人损毁，以前原有的药单应该是不存在了。这里写的药单是在革命胜利后，小屋重新修建时，在原基础上根据资料记载补充的药单。

第四节写：原貌重修的白屋/新墙镶砌弹孔/这是记载历史的残墙。这节写出了小屋是重新修复的，弹孔也是镶砌上的。人们修复小屋是对先烈的怀念。

王龙辉先生创作的《一堵残墙》这首诗，其特点是：诗意明了，语句顺畅，好读易懂。

王龙辉先生在《难以忘却的悲歌》这首诗中写道：

抹不去岁月的伤痕
斩不断怀念的痛楚

依稀可见九十年前
一段难以忘却的悲壮历史
一幅难以绘制的史诗画卷

带着湘南起义的硝烟
万名英勇的耒阳儿女
挥泪作别

掬一泓浪花飞溅的耒水
擦拭风尘的面颊
抓一把芬芳的热土
久久地放在胸口
踏上苍茫的赣水

罗霄山脉的中段
尘封了数千年的大山
一夜之间
撕开了神秘的面纱

默默地凝视
棕黑破烂的蓑衣
挂在灰暗的土墙
当年你送的那双草鞋

还紧紧地系在腰上
你送的那只蝴蝶
深藏在心底

这首诗在第一节中这么写:抹不去岁月的伤痕/斩不断怀念的痛楚。这是在说,岁月是抹不掉刻在历史上的痕迹的,也割不断人们怀念的情感。

第二节写:依稀可见九十年前/一段难以忘却的悲壮历史/一幅难以绘制的史诗画卷。这节写出了在九十年前发生的大事,虽然没具体写九十年前到底发生了什么事,但证明是难以忘却而悲壮的事。

这行"一幅难以绘制的史诗画卷"诗句,说明在九十年前发生过非常重大的事件。

第三节写:冒着秋收暴动的战火/带着湘南起义的硝烟/万名英勇的耒阳儿女/挥泪作别。这节可分为两部分读。第一部分由前两行"冒着秋收暴动的战火/带着湘南起义的硝烟"组成。这两行诗中写发生了暴动和起义,这是发生在九十年前的事。那时国家受到外敌入侵,民不聊生,革命先辈们为了民族复兴,不怕牺牲,做着反压迫、反封建的斗争。

第二部分由"万名英勇的耒阳儿女/挥泪作别"组成。这两行的诗意是有很多耒阳人伤情地告别家乡,义无反顾地投入到革命队伍中。

第三节写:掬一泓浪花飞溅的耒水/擦拭风尘的面颊/抓一把芬芳的热土/久久地放在胸口/踏上苍茫的赣水。这节是写离别时的场景。英雄的耒阳儿女离开家,踏上通往异乡的路,去了赣水。

赣水是江西省最大的河流,而江西又是当时革命的重要之地。1979 年长春电影制片厂拍摄了《赣水苍茫》这部电影,便是以艺术形式讲述发生在那里的革命故事。

这节写出了革命情结。

第四节:罗霄山脉的中段/尘封了数千年的大山/一夜之间/撕开了神秘的面纱。诗中写到了罗霄山脉中段,罗霄山脉中段是在井冈山和宁冈县所在的万洋山之间。

井冈山雄伟险峻,地形复杂。这里原本非常神秘,因革命人士到达这里,吹响了战斗的号角，引起外界高度关注。

第五节写：默默地凝视/棕黑破烂的蓑衣/挂在灰暗的土墙/当年你送的那双草鞋/还紧紧地系在腰上/你送的那只蝴蝶/深藏在心底。这节也可以分为两部分阅读。第一部分由“默默地凝视/棕黑破烂的蓑衣/挂在灰暗的土墙”这三行诗句组成。诗人看见了挂在灰暗土墙上的棕黑破烂的蓑衣，触动了心绪，表情凝重。

蓑衣，是用蓑草编织成的一种雨具，厚厚的，可以像衣服一样穿在身上。也有用棕制作的蓑衣。人们一般将蓑衣与斗笠配合使用，用以遮雨。这种雨具在革命初期条件艰苦时，部队在野外行军时经常使用。

这节诗的第二部分是由“当年你送的那双草鞋/还紧紧地系在腰上/你送的那只蝴蝶/深藏在心底”这四行诗句组成。诗中说到了“送草鞋”“送蝴蝶”，这是离别情。

穿草鞋的年代主要是在红军时期。这部分的诗意是，看见遗物，回想起了往日的革命生活。

湖南诗人王龙辉先生的《难以忘却的悲歌》与《一堵残墙》两首诗都是怀旧诗，都是写怀念革命先烈的诗。

王龙辉先生在湖南生活，湖南是中国革命的发起地之一，那里涌现出了许多革命人士。王龙辉先生可能受到了历史的熏陶，产生了缅怀先烈们的思想情结，创作出了《难以忘却的悲歌》和《一堵残墙》这样的诗。他在诗里写出了对革命先烈的崇敬、缅怀之情。

他的诗质朴、情真、意浓，读起来很能触动读者心绪，能让人感受到从前革命的峥嵘岁月，体现出了爱国之情。

发表于2018年第11期《北极光》杂志（黑龙江大兴安岭文联）

附：王龙辉的诗

1. 读书石

轻点，再轻点
所有的脚步
千万别惊扰

石上读书
时而掩卷沉思

时而眉头紧锁
时而满面微笑
时而握笔批注

几米远的荷塘
草鱼、鲤鱼
在欢快地戏游
青蛙，跳来跳去
几声蛙鸣

一簇簇的映山红
鲜艳夺目
屋旁的一树紫荆花
开得正欢

2. 常青树

白屋的后面
并排生长的两棵大树
右边是柞树
左边是红豆杉

导游述说着传奇
两棵树下，朱毛形影不离
谋军事，谈国情，忧民忧心
观看士兵的操练

一个血雨腥风的夜晚
大小五井惨遭敌军毁没
两树烧成灰烬
建国年的春天
两树奇迹般地发芽，吐绿
年年月月，生长不息
却从不开花

六五年的春天
两树同时开满了白花
几月后，毛主席重上井冈山
时隔十一年
两树慢慢枯萎
三颗巨星陨落

一九八〇年的春天
两棵神树又恢复了活力
到如今，三十八年
依然枝繁叶茂

王龙辉：湖南省作家协会会员，湖南省诗歌学会会员，耒阳市作家协会常务副主席，耒阳市《湘南文学》杂志副主编。作品发表于《诗神》《作家天地》《文学界》《青春岁月》《湖南诗人》等报刊。

打开那扇窗,风景别样

——作家秦星梅作品印象

我知道陕西咸阳作家秦星梅女士,是从读她的散文开始的。她发来散文《聆听生命花开的声音》,我还没读内容,就被题目吸引住了。虽然这类题目不算新颖,但我喜欢有关人生与命运的文章。

我跟秦星梅女士交流后,知道她不只是写散文,还写诗,并且诗写得不逊于散文,于是她又发来了新近创作的诗作品,让我阅读。

作家秦星梅女士在诗作《另一扇窗》中写道:

太阳对你来说
不过是一种感觉
既然眼睛不会说话
就去抚摸阳光

也许
命运为了打开另一扇窗
才将你推到黑暗的角落

一束光明撒漏指尖
人体206块骨骼
你摸得比谁都清楚
错位正骨
推拿按揉
打通自上而下的隧道

哭了笑了
都是戏

指掌间数落
人生痛感和喜悦的振幅及其频率

这首《另一扇窗》的诗，在第一节中写：太阳对你来说/不过是一种感觉/既然眼睛不会说话/就去抚摸阳光。

这节可分为两部分来读。第一部分是由“太阳对你来说/不过是一种感觉/”两行诗句组成。诗中的“你”是广义，不是指某个人，而是指众人。诗中说太阳对人类是一种感觉。

我们几乎每天都能看见太阳，阳光照耀大地，送来温暖，抚摸万物，陪伴我们度过每一天。如果生活中没有阳光，没有温暖，那将是什么样的日子呢？人类不喜欢没有阳光，冰冷、阴森的生活环境。阳光每天都在与我们“亲密”接触。因为过于被众人了解，所以想把关于阳光的文章写出新意，达到耳目一新的感觉，创作难度较大。作家秦星梅女士却在这个难点处，落下了诗句的笔。

诗中写了太阳与人的关系。

这节的第二部分是由“既然眼睛不会说话/就去抚摸阳光”两行诗句组成。诗中写，眼睛虽然不会说话，但可以抚摸阳光。通常“抚摸”是用手，但这里写的不是用手，应该是感觉。

第一节体现出了诗的韵律，诗的韵律能影响阅读时的感觉。

第二节写：也许/命运为了打开另一扇窗/才将你推到黑暗的角落。

这行“才将你推到黑暗的角落”诗句中的“才”这个字，有着勉强、无奈之意。诗句中的“黑暗的角落”也并非是真的黑暗角落，而是指生活处在挫折期或是低谷期。

这部分的诗意是人生活在挫折期或低谷时，不是不幸 或许是为了另一种美好目标做准备。诗中的“命运为了打开另一扇窗”有着提示含义，这“另一扇窗”不是真实的窗户，而是另一种生活或另一个人生目标。

这节诗意与命运相关。

诗的第三节写：一束光明撒漏指尖/人体206块骨骼/你摸得比谁都清楚/错位正骨/推拿按揉/打通自上而下的隧道。

这节诗也可分成两部分来理解。第一部分是由“一束光明撒漏指尖/人体206块骨骼/你摸得比谁都清楚”三行诗句组成。这句“一束光明撒漏指尖”把光进行

了缩写。光明不是一束，是普遍的，能照到每个角落。一束光通常是指手电筒、车灯，探照灯等之类的照明工具产生的光；偶尔也有太阳光穿过某处遮挡物，从狭小缝隙中射来，形成一道光线。诗中把光明写成一束，是艺术描写，如同镜头抓住一个取景点，选择最佳角度。这句“撒漏指尖”中用了“撒漏”来修饰，“撒”是分散开的意思，“漏”是没遮挡住。

在这节的第一部分，写出了光明不只是撒漏在指尖上，还落在了身体的骨骼上，并且写了206块骨骼。这是部位的准确性，证明没有落下的。

这行“你摸得比谁都清楚”，把光比喻成人的手，“摸”是用手轻轻接触的意思。

第一部分诗意写，虽然光是落在了手指尖上，但接触到了身体的所有部位。

第二部分是由“错位正骨/推拿按揉/打通自上而下的隧道。”三行诗句组成。这部分诗意简单，在写光的作用。

作者在诗的第四节中接着写道：哭了笑了/都是戏/指掌间数落/人生痛感和喜悦的振幅及其频率。这节写出了通过指掌反映出人生状态。

读到这段诗句，就能理解“一束光明撒漏在指尖上”所说的意思了。指尖是神经敏感部位，触碰到这里，能牵动全身。

作家秦星梅女士在诗作《另一扇窗》中，把光明与人生结合在一起，文笔自如，诗意深而贴切。虽然没直接写光明与窗户之间的关系，但间接地写出了人生、光、窗之间的联系纽带，写出了人生趋向。

那么作家秦星梅女士在《雾霾》这首诗中又是怎么写的呢，又想体现什么呢？她在《雾霾》一诗中写：

一张轻薄的口罩
能堵住嘴
却堵不住两扇窗
眼睛
也需要呼吸

这个球气候变暖

生态平衡乱了脚步
不要说那个被霾击倒的人与自己无关
一场灾难
足以让地球村土崩瓦解

你砍林子,我不说话
你焚烧扬沙,我不说话
你种转基因,我不说话
我制假造假卖假,你也别说话
可是,鸟儿却沉不住气
在归巢的路上
哀鸣
它死于非命

一片祥云渐行渐远
曾经免费的午餐
无情挥霍
如今没有特供的空气
没有可以置身其外的桃花源
我们同呼吸,共命运
眼泪向大地哭诉
请给我一方净土

作家秦星梅女士在《雾霾》诗中的第一节这么写:一张轻薄的口罩/能堵住嘴/却堵不住两扇窗/眼睛/也需要呼吸。通常情况下,口罩是起防护作用的,作用是当人处在恶劣环境中,防止被污染的气体通过呼吸道进入体内。口罩可以堵住嘴,但堵不住眼睛。

诗中写"眼睛也需要呼吸",这里说的并不是眼睛真的会进行呼吸,而是说眼睛接触环境,环境被污染了,也会影响眼睛的。或许另一种诗意是眼睛能看见恶劣的环境。

第二节写：这个球气候变暖/生态平衡乱了脚步/不要说那个被霾击倒的人与自己无关/一场灾难/足以让地球村土崩瓦解。诗中写地球气候发生了恶劣变化，恶劣环境打破了生态平衡，加重了雾霾的产生。可人们面对雾霾无动于衷，认为与自己无关，致使环境污染越来越严重，这是人类的灾难，如果得不到改变，顺其发展，人类将无法生存。

这句“足以让地球村土崩瓦解”说明了不是与自己无关，而与每个人息息相关。人们在自然环境灾难面前无处躲藏，谁都逃脱不掉。

这节写出了恶劣环境对人类生存的危害性。

第三节写：你砍林子，我不说话/你焚烧扬沙，我不说话/你种转基因，我不说话/我制假造假卖假，你也别说话/可是，鸟儿却沉不住气/在归巢的路上/哀鸣/它死于非命。

这节诗意由两部分组成。第一部分由“你砍林子，我不说话/你焚烧扬沙，我不说话/你种转基因，我不说话/我制假造假卖假，你也别说话”四行诗句组成。这部分诗意是说，人们看见别人做损坏自然界或影响环境的坏事，都认为与自己无关，任其发展，不加制止。

第二部分是由“可是，鸟儿却沉不住气/在归巢的路上/哀鸣/它死于非命。”三行诗句组成。这是对第一部分做的补充。虽然人的思想麻木了，但鸟却有反应，鸟在归巢的路上哀叫而死。鸟生活在丛林中，丛林中的空气应该是新鲜的，可因为空气受到污染，连鸟也已经无法生存了。如此一来，就会让人引申开来，那生活在空气不如丛林中新鲜的人，还能生存下去吗？

自然环境的好与坏影响的是一个群体，并不针对某个人。

第五节写：一片祥云渐行渐远/曾经免费的午餐/无情挥霍/如今没有特供的空气/没有可以置身其外的桃花源/我们同呼吸，共命运/眼泪向大地哭诉/请给我一方净土。

这节诗意可分为三部分解读。第一部分由“一片祥云渐行渐远/曾经免费的午餐/无情挥霍/”三行诗句组成。这节诗中先写祥云远去，祥云是指祥瑞的云气，传说中神仙驾的彩云，代表着吉祥，诗中的“远去”不是单指距离，而是指远离人类的生活环境。从前优美、洁净的自然环境如同免费午餐一样，养育着人类，但被人类肆无忌惮地挥霍掉了。

第二部分由“如今没有特供的空气/没有可以置身其外的桃花源/我们同呼吸，共命运”三行诗句组成。诗中写出了恶劣的生活环境会影响到每个人,写出了生活环境对每个人是相同的,没有特殊性。就算有人可以在特权中生活,把自己关在风景秀丽的某处,有意独享自然界的好风光,但空气没有特供的,空气是流动的,所有人呼吸到体内的空气都是相同的。

第三部分由“眼泪向大地哭诉/请给我一方净土。”两行诗句组成。诗意是如果不保护环境,结局是人类向自然低头。

作家秦星梅女士在《雾霾》这首诗里,写出了人与自然界的关系,表达出了责任感和使命感。读过这首诗后,我不禁想到了街上川流不息的车辆,想到了被污染的河流,想到了升空的黑色烟雾……这些在工业化进程中产生的污染,对自然界造成了巨大破坏,如果得不到有效管控,必将给人类造成灭顶之灾。

治理雾霾是迫在眉睫的大事,与人类的生存密不可分,应该得到全人类的重视,人类应该立刻行动,投入到这项关系子孙后代的大事中。

我在读过作家秦星梅女士的《另一扇窗》《雾霾》两首诗后,感觉她是有责任感的作家。她的作品中没有恩恩爱爱,柔情蜜意,处处流露着对人生,对生活的关注与思考。我想,这或许跟她的经历有关。她在企业当过工人,做过报社记者,经过商……这些经历触动了她的责任感。

我认为不论是作家,还是诗人,都应该关注社会,关注自然界,都应该有责任担当,文学应该为人类生存服务。

我原以为秦星梅女士只写散文,但当读过她的诗后,感觉诗也写得很好。她在创作中打开了散文和诗两扇窗,两扇窗外的风景都很别样。

附:秦星梅的诗

寻一条出路

黑夜
一口吞没了喧闹
一盏灯
燃起了心中的江湖

月牙一步三回头

从东窗到西窗
顾盼回眸不愿离去

习惯了借用
月亮代表我的心
不
你不能代表我的心
因为你太骨感
整容,篡改了原貌

一根细嫩的月牙
悬在空中
明,不够明
亮,不够亮
含羞带怯
弱不禁风
看着都叫人心疼啊

你不必自作多情
想走进诗行
我劝你铆足劲儿
圆一个十五的月亮

今夜
我在文字里迷失
看他们决斗
为爱厮杀
让谁生谁死
情何以堪

进不是
退也不是
揪着心儿流泪
横刀夺来的爱却是罪

我想退避三舍
笑泯恩仇
可惜
我已饮鸩

解药呢
北斗星一闪一闪
躲藏在桌面键盘中
我正在寻找一条出路

秦星梅:中国散文学会会员,陕西省作家协会会员,兴平市作家协会副主席,《咸阳文学院》签约作家作品发表在《散文选刊》《北极光》《海外文摘》《中国诗人档案》《西北信息报》《华商报》等报刊。著有散文集《凝眸》。

行者的歌

——读田斌的诗集《潜行低吟》所想

收到安徽诗人田斌先生寄来的还散发着油墨芳香的诗集《潜行低吟》时，我所想到的不是诗集的精美、厚重及艺术的高度，而是想到写诗人的处事方式与品德。

诗是文学艺术，文学之林的一种类型。

文学又是人学。

文学作品主要是反映人的所想、所动等思维方式的，也是呈现社会发展与生活状态的。所以我个人认为具有良好人品的作家、诗人才能写出好的文学作品来。当然也不完全是这样，但这是我的期望与观点。

实际上我在读作家、诗人的作品之前，如果是知道名字的，有印象的作家、诗人，首先想到的是写作者留给我的印象，然后才是作品，如果作者给我留下了不好的印象，我是不愿意读其作品的。

这是高效运转的时代，效率是记载生命含量的钟表。每天只有 24 小时，除去睡觉、吃饭、休息时间，留下做事的时间是非常少的。而人的生命是有限的，我不想把有限的时间浪费在没必要去做的事上。

田斌先生的诗我是要读的，也是想读的，并且有意认真读。这样能让我了解诗人的所想，能走进诗人的思想中。

我读田斌先生的诗如同在品茶，如同在喝青岛啤酒、法国红酒。我在品茶香，感受啤酒的滋味，法国红酒的浓意，更像在与田斌聊艺术，谈人生，探讨生活……

看着诗集《潜行低吟》我便想起了与诗人交往的过程。

我跟诗人田斌先生是在 2017 年 5 月相识的，说相识其实也只是通一通电话，发一发微信，看一看他的诗稿等，彼此在用信息传送着情感，我们还没见过面。从交往的时间上算，我跟诗人田斌先生交往还不足一年时间，仅透过不足一年的交往，便对一部厚重的诗集进行品读，便对诗人的处事与品德说些什么，显然是底气不足的。可我发自内心想对诗人田斌先生说点对他的感觉，对他这部《潜行低吟》诗集说点我个人的看法。

2017 年 5 月的某天，我如同往常一样打开邮箱，走马观花般地看着来自全国各地、不同层次、写作水准相差悬殊的文稿，这时看见了田斌先生发来的诗。我当时便感觉他的诗写得有特点，有水准，在杂志上发表是没问题的，可我不能断定诗稿的可靠性。现在一稿数投的情况并不罕见，有的作者同一篇作品能投给上百家报刊，并且抄袭也如同家常便饭。如果发表田斌先生的诗，我必须进行确认，这也是我编稿时的习惯。我给田斌先生打了电话，田斌先生的热情高于我，我的疑虑被他的热情打消了。

我融化在对他的感觉中。

田斌先生的诗很快在我主编的杂志上刊登出来了。这时他的《潜行低吟》诗集也出版发行了。

诗集《潜行低吟》是合肥工业大学出版社出版发行的。草绿色的封面上写着四个艺术字体的书名，这是特别的装帧，隐藏着更多思想内涵，还没打开书就已经感觉到了书的艺术性。全书是420页，小16开，27.5印张，这足能说明诗集的厚重。

书的厚度、装帧及出版社的名字都符合我的阅读习惯。

我不喜欢看过于薄，开本小的书，也不喜欢看印制粗糙的书，这是我选择书的习惯。那种薄的书从感觉上就知道是为了达到某种用途专门出的，而不是为了给读者呈现作品与艺术含量的；那种开本小、印制粗糙的书给我留下的是偷工减料的印象。

虽然田斌先生这部《潜行低吟》诗集完全符合我的读书习惯与认知，因为事务多，整天忙忙碌碌的，一直没能静下心来读点作品，也一直没能找到读诗集的感觉，这部诗集在我的办公桌上足足放了三个多月后，我才开始翻看。

这时已经是春节过后2018年阳春的4月了，飞逝的时间把2017年画上了句号。

田斌先生的诗集《潜行低吟》是我2018年读的第一部书。

我看着诗集的目录，没丝毫的陌生便进入作品的意境中了。诗《黄昏的红蜻蜓》是收录在书的第2页上。因为我在童年时特别喜欢蜻蜓，跟蜻蜓有过亲密接触，看到诗的题目就有着亲近感。诗中这样写道：

天空中，一群红蜻蜓
在黄昏的时光里上下翻飞

这是谁的一幅画

动感十足，像燃烧的迪斯科

红蜻蜓不是什么天使
但是它们的舞姿令人着迷

如染的夕光里，风在吹
红蜻蜓的翅膀下，湖水泛起了涟漪

我情不自禁地停下脚步
凝神在这旷野的寂静里

时间飞逝，我看见红蜻蜓如幻的翅膀
正拖着无边的暮色，飞进夜的苍茫

我的思绪被质朴的诗句带入到了童年的记忆里，追忆起过去数十年的光阴岁月，回想起那时的生活。

我的童年是在小兴安岭脚下的村庄里度过的。那时生活单调，村庄四周全是巍峨山峦，黄昏时我坐在家门前的土堆前看夕阳，观望红蜻蜓飞舞，目送太阳落下，跟着夜幕的脚步回到泥草房里。

屋里的灯光暗淡，有时没有电，只能点燃柴油灯照明。那是特别的生活，所以我记得非常深，可时光又具有着能抹去记忆的颜色的本领。这原本已经是非常久远的岁月了，却被田斌先生这首《黄昏的红蜻蜓》唤醒了。

我再次把目光投向远方的村庄，还有童年的生活，寻找着生活的痕迹。

如果说诗句是记载生活的艺术，那么诗句触动人心灵时的感觉更是微妙，难以形容的。当心灵被诗句触动时，我心中如同有一团火在燃烧，那么热烈，仿佛可以照亮心灵的荒原。

我心中的干柴是被田斌先生这首《长蒿草的老屋》点燃的。这首诗被收录在诗集的第 15 页。诗人这样写道：

爸走了，妈走了，老屋就空了

上了锁的老屋
院子里就开始长草了

院子里不见老鸡带小鸡
也不见小黄狗摇尾巴
母亲在的时候
总有鸡鸭围着她
没人管的蒿草可放肆了
一个劲地往上长
有几株好事者
淘气鬼似的
趴在窗台往里瞧

空了的老屋，蹲在那
像个没人管的野孩子
不洗脸不洗澡
蓬头垢面
看了就让人心痛

诗人在这首《长蒿草的老屋》中生动详实地描绘出了老屋的景与作用，还有人与物的关系。诗句中说："爸走了，妈走了，老屋就空了……"这些诗句生动地写出了老屋的用途。当主人不在了，老屋也就失去了实用价值；当没有人居住在老屋里了，往昔生活的朝气与氛围也就不存在了，野草疯长，环境大变，变得让人看了心痛。这种用物比喻人的写法贴切，真实，生动。这段诗句让我想起了在乡下生活的往昔岁月。那时我年龄还小，对人生，对生活还不懂，是顽皮的孩子，整天无忧无虑地玩耍，戏闹，疯了般在旷野奔跑，尽情享受着大自然提供的美好，不了解物资的匮乏，过日子的艰辛。当被诗句勾起那段生活时，我情潮涌动，如同一处火点在慢慢燃烧，扩散开去，火光照亮了记忆的房子。

我记忆中有许多人，有许多事，但这些都被忙碌尘封了，关在心中的房子里，如果没什么触动我的情感，生活依旧，往事是无从想起的；当我被触动时，为之动情，

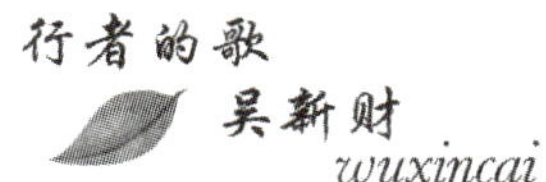

心扉如同被打开的窗户，回访过去的生活，寻找到了往事的影子。

诗人田斌在诗集《潜行低吟》第 86 页中收录了《乡村的月亮》一诗。诗中这样写着：

乡村的月亮爬在树梢上
多么像我小时候
在把什么东西张望

乡村的月亮照在田野上
没有蛙鸣，没有风吹
我静静地走在小路上
庄稼拔节的声音嗞嗞响

乡村的月亮沐在池塘里
荷叶撑伞，莲花点灯
我悄悄纺织的那个梦
捂在心口

我读这首诗有入其境之感。这首诗是写乡村月光的，而我对乡村月光是怀恋的。我的童年是在乡村度过的，长大后才进入城市生活。城市是由钢筋水泥、高楼大厦构筑成的生活环境。繁华的城市生活环境挤占了自然风光。城市的空气是受到不同程度污染的，在这种环境中生活的人们会产生对自然风光的渴望。因为我的童年是在山村度过的，比那些没在乡村生活过的城市人对乡村更有感知，所以我对乡村的感情相对也更深。童年是人生中对未来产生憧憬的时期，而乡村是呈现大自然景观和风貌的地方，成长在这样环境中的我童年时对未来有着许多期待。我在期待中离开了乡村，进入了城市，此后乡村的风景渐渐远离了我的生活。

我与乡村生活一别就是数十年，成为乡村不归的游子。

当我读到田斌先生写的《乡村的月亮》这首诗时，我再次寻找到了失去的生活，又在记忆中看到了童年的时光，乡村的剪影。我随着诗句欣赏着记忆里的风景。

风景本身就是艺术，只是看我们是否用心留意，只是看我们是否有描绘风景的文才与文思，如果单一去描绘、抒写风景，无论多么美的风景也成不了优秀的艺术作品。美的风景只有在思想的衬托中，在精心打磨后才能成为优秀的艺术作品。

诗人田斌在《雷阵雨》这首诗中的描写也是恰到好处的。这首诗收录在诗集的第198页。诗中这样写：

这夏天的倔脾气
说翻脸就翻脸
刚才是炙热的阳光烘烤
转眼间就乌云遮天

翻滚的乌云碰撞出灵魂的闪电
那一声怒吼震天动地
如诉的泪水倾注大地
活脱出你的瓢泼与肆意

就像是心中的郁闷
不吐不快
一阵酣畅淋漓之后
天空又露出了阳光的脸

历尽风雨后的彩虹啊
印在了心宇间

众所周知，雷阵雨主要发生在夏季，来得快，离开得也快，时常让人无法预防。记得我住在乡村时，每年夏季麦收时节，经常会发生雷阵雨。原本天气晴朗，太阳高照，如有一股云飘来，人们还在辨别能不能下雨时，随着几声响雷过后，滂沱大雨从天而降。虽然雨下的时间不长，只有几分钟或几十分钟，但雨下得猛烈，疯狂……在晒场工作的人最怕雷阵雨了，因为雷阵雨会顷刻间淋湿晒好而将要入库的麦子，让几天的辛苦劳动毁于一旦。

虽然雷阵雨能影响人的工作，但也能净化空气，让人精神振奋。雷阵雨来时人们总是会紧张地观望，判断雨势，雨过天晴，会有彩虹悬挂在天空中，这在普通人眼中或许只是景观，而在诗人田斌的眼里却成为了美丽的诗句，成为了艺术作品。

人们几乎都知道艺术来源于生活而又高于生活，然而当大家真想把生活中的事、景、情升华成诗句，升华成艺术作品时，就会发现那真不是简单的事情。这是需要有文化积累的，这是需要有艺术感觉的，更需要有准确的切入点。

我能感觉到诗人田斌的文化功底是很深的，艺术感觉也很好。好的艺术感觉，再加上深厚的文化功底和好的切入点，又怎么能写不出好的诗句呢？

好的艺术作品是能打动人心的，也会唤醒麻木的思维。如果我们看到的艺术作品引发不了人的情感共鸣，引不起人的思考，那么这种作品是不成功的，作者的努力也是失败的。

诗集的第212页中收录了《暮晚的炊烟》这首诗。诗人这样写道：

只有你啊，能把我们的目光
带得越来越高
点亮星星的眼睛

疲倦了的夕阳
到山的那边睡觉去了
暮归的鸟儿
用爱的呼唤
生动了夜晚

袅袅余烟
像飘动的思绪
贴着月亮温柔的脸
牵出心中的挂念

炊烟是只有乡村才有的，也只有在乡村才能看见炊烟缓缓升起的景观。在城市是无法看见炊烟升起的，也感受不到那种心境。我看见炊烟升起是在童年时。那时我生活在祖国最北部的黑龙江北大荒国营农场和小兴安岭脚下的农村。那时我不只是在傍晚可以看见炊烟，有时在冬季阴雪天也能看见炊烟。冬季的黑龙江

北大荒是白雪茫茫,黑土地沉睡的季节,能听见狗叫,鸡鸣,也能看见鸭欢,鹅舞,但看不见人劳动的身影。炊烟如同荒原上人的呼吸,呈现着人与自然的生机。这也是城市与乡村的一个明显不同之处。

田斌先生生活在安徽省一个叫宣城的地方,那么他写的这首《暮晚的炊烟》也一定是在写安徽省的乡下。我在 1986 年去过安徽乡下一次,那次我在安徽乡下生活了一个多月,对那种生活是了解的。当读到田斌先生的诗时,我便回忆起了那段生活。

安徽乡下的炊烟跟北大荒乡下夏季的炊烟似乎相同,在村庄上升起,缓缓融入到天际中,如同人类与大自然之间你离不开我,我离不开你的关系。

人是有生命的。

大自然也是有生命的。

人与大自然是在默认中相互依存在宇宙中的。

如果说人与自然是相互依存的,那么我们从田斌先生写的《夜宿乡村》一诗中更能找到这种感觉。这首诗中这样写着:

清晨,报鸣的鸡
把我从梦中唤醒
这久违的呼唤
一下子把我拉回到童年

这乡村的民歌
凝满草根的味道
往昔一一闪过
我们背着书包上学
露水打湿了裤脚

记忆又一次唤醒了我
让我有了述说的理由
看着乡村袅绕的炊烟
母亲的身影

再次湿润了我的眼睛

田斌先生是用带有怀旧的情感来写这首诗的，也是用寄托的情思在编织着艺术的画面。诗在开头没写年月，只写了早晨，而后回到了童年，显然诗句跨越了很多年，用倒叙的手法倾诉心中对过往的怀念，对母亲的谢意。

人在童年时对母亲的依恋是非常重的。那种感情是不能忘，也不可能忘掉的。可随着年龄的增长，我们接触的事物越来越多，那种感情也会被淡化的，如同日记，被记下来，却不会每天翻看。当尘封已久的日记，发黄变色的纸，在某年某月某天被打开，定会触动心弦，情潮定会涌起，连血管里的血都会加速流动。

我在读《夜宿乡村》这首诗时，感受到的就是这种感觉。我被诗句拉回到了童年的生活中，仿佛回到了遥远的黑龙江北大荒乡下，仿佛回到了童年，仿佛……人生的脚步重新开始了。

这种感觉微妙、复杂、模糊，但很想回味。

生活本身就是这样。这是一首值得读的诗。

我把田斌先生的诗集《潜行低吟》粗略翻看了一遍，虽然读到了诗人的艺术品味，走进了诗人的创作领域，但如果想要深入了解诗人的所想，所动，或更高的意境，还需要花更多的时间进行慢读，细品。这毕竟是一部厚重的书，其中收录了诗人几百首诗作，这么厚重的诗集，如果没有足够的阅读时间，想读透彻是不可能的。我把诗集放在案头，以后会慢慢地读，相信会发觉到更多更好的诗句。

合上诗集我想起跟诗人田斌先生的交往过程，还有他说话的声音，从声音中联想到他的人。他好像就坐在我面前，好像在跟我喝茶、聊天，聊人生、聊文学……

虽然我跟他相识的时间不算太长，可是感觉却非常好，这要比跟有些相识了很多年、交往了好多年也找不到感觉的人好太多了。

我在想，有时人与人交往的深度不一定要用时间长短来衡量，时间能记载岁月的痕迹，但不一定能记住感情的真挚。因为感情是由心而生，情为心所动，跟人交往动情了，一定是由心萌生的情，交往起来也就坦荡了。坦荡的交往会让人与人想的简单，少了顾忌，不会有那种揣测之心，更不会有尔虞我诈。

田斌先生在诗集的后记中这样写道：“一个皮肤黝黑、个头矮小、土里吧唧、物理系毕业的人，能写诗？还能写出不少让人喜欢的好诗？莫不是缪斯拿我开了个天大的玩笑！”

我想对田斌先生说:“你的诗情、诗兴、诗品是来源于你对生活的细腻观察,来源于你的勤奋与写诗的天赋,如果你没有天赋,如果你不勤奋,如果你不细心观察生活,你是写不出这么多诗的,更不可能接连出版了多部像模像样的诗集。

“这部《潜行低吟》收录的诗多数是写乡村生活的,那么相信你对乡村生活是了解与熟知的,那是你创作的园地,你扎下根,在乡村多走一走,多看一看,定能在未来的创作中写出更多,更优秀的诗作。”

“我在青岛为你喝彩,为你鼓掌,为你庆祝。”

发表于 2018 年第 3 期《青龙湾》杂志(安徽宣城宁国文联)
发表于 2018 年第 5 期《北极光》杂志(黑龙江大兴安岭文联)
发表于 2018 年第 4 期《春谷》杂志(安徽芜湖南陵县文联)

田斌:男,1965 年 10 月生,安徽宣城市人。中国作家协会会员、首届中国网络诗人高研班学员、鲁迅文学院安徽省中青年作家班学员,宣城市作协副主席、宣城市宣州区文联主席。

付慧微笑着朝诗坛走来

——诗人付慧及她的诗集

我认识内蒙古鄂尔多斯诗人付慧女士是朋友介绍的。此前我不知道付慧女士,不知道她写诗,但我知道鄂尔多斯。我知道鄂尔多斯盛产羊毛,羊绒衬衣比较好,名扬华夏,我就有几件鄂尔多斯品牌的衣服。我也知道《中国作家》杂志有个鄂尔多斯文学奖,这个文学奖的影响力跟鄂尔多斯出产的衣服同样出名。当朋友跟我说付慧女士诗写得好,出了三部诗集,诗集质量也好,建议我给她写诗评时,我如同面对《中国作家》杂志的鄂尔多斯文学奖那么有兴致,如同面对中意的鄂尔多斯衣服那么入神。

我正准备出一部有关诗评的书,书名暂定《诗意随处闪耀》。我有意在全国各地甄选诗作者、诗人,因精力、时间有限,此书计划收入的作品数量不多……既然付慧女士写诗,并且出了这么多成绩,又是朋友推荐的,当然是考虑中的诗人了。

我对这位素不相识的诗人抱有好奇心,也持观望心态推测她的作品是否如朋友介绍的那么好。

付慧女士先发来了微信,然后我们通了电话。我让她先在网上看我写成稿的诗评,也转给她几篇发在网刊和杂志上的,请她指正。如果她认为我写的可以,入心,动情,符合她的意愿,再聊写诗评的事。虽然我们通电话的时间极短,可在简短的通话中我能感觉到付慧女士是位性情温沉而从容的人。

我认为她的生活与工作都很遂心如意,踏踏实实,幸福满满。

正如我推测的那样,付慧女士的生活和工作都比较顺心。她和爱人是从小学至高中的同学,她爱人在公安局工作,并且是领导,事业有成,付慧女士和爱人可谓是青梅竹马。她从财专院校毕业后被分配在税务局工作。税务局是好单位,转眼几十年过去了,她从青年到临近退休,都没有大的变动,这是多么平静的生活和工作履历。

付慧女士跟我说起她考上中专时,语气有点迟缓,略带腼腆,不好意思。我虽然与她相隔千里,看不到面容,但通过声音能感觉到她的遗憾。我说在那时能考上中专已经非常优秀了。那个时代大学少，考生多，考大学非常难，每年高考时，数十名考生中只有几名能考上中专以上的高等院校，能考入中专就非常好了。中专毕业国家就分配工作，并且是分配到机关事业单位。记得我刚入中学时，有两位高年级学生考上了中专，那届毕业的数十名学生只有两名学生考上了中专，学校为了激励学生努力学习，开全校大会，发奖金，戴红花，隆重表彰这两名考上中专的学生。付慧女士说她那届高考只考上三个人，她是其中之一。

她是前三名中的一位，足能证明她是非常优秀的。

我面对着这么优秀的一位写诗女性，想象着她的诗……她先发来了十首诗，我一读发现果然很好，随后她又寄来《吻过额头的苍茫》《独酌秋韵》《微笑的河流》三部诗集。当这三部诗集摆在我眼前时，我感觉到了她写诗的功底，知道她是位有创作实力的诗人，也感觉到她是有一定社会活动能力的人。

她的诗集印数每部在三千册以上，并且制作精良、考究，这是写作与发行实力的体现。无论是写作成绩，还是发行数量，这两点都是许多诗人做不到的。

可我发现她在报刊上发表的作品数量不算多，便跟她聊起了她的写作经历。

付慧女士有些遗憾地说，她在学生时代就爱好写作，可是被自己耽误了。她说她的哥哥是作家，她没像哥哥那么执着，如果能像哥哥那么执着，成绩就不会是现在这样了。我从付慧女士的语气中能感觉到她对哥哥的敬佩、欣赏，也知道她对自己目前取得的文学成绩不满意。我好奇地问起了她哥哥的文学创作情况。她娓娓地讲着哥哥的创作历程，讲得入情，如同回首往事。

付慧女士出身在普通家庭，父母是农民，不是名门望族。可她的父母有远见，能为儿女的未来着想，在生活不富裕的年代把供养孩子读书放在首位，让付慧兄妹几人都受到了良好的教育。更让她感到庆幸的是，她有位爱好写作的哥哥。

她哥哥叫付强。

我刚听到这个名字以为是听错了，我早年在黑龙江省北大荒生产建设兵团生活时，知道兵团有一位作家叫付强。那人我不认识，只是耳闻，看过他发表在兵团报刊上的作品，他的年龄应该跟付慧女士的哥哥相仿。当时兵团的付强发表作品很多，名气也大，是我崇拜的偶像。

付慧女士的哥哥曾经是内蒙古鄂尔多斯市达拉特旗文联副主席。他是中国戏剧家协会会员、中国戏剧文学学会会员、中国少数民族戏剧学会会员、内蒙古戏剧家协会会员。付强从事戏剧创作五十余年，创作的话剧《旗长，塔赛努》（与人合作）荣获了中国剧协“全国优秀剧本奖”、华北五省市（区）“首届话剧节优秀剧本奖”和“曹禺剧本奖”，剧目获文化部“文华奖”、中宣部“五个一工程奖”、中央民委“少数民族戏剧特别奖”等奖项。他还在电影《牛女》《好事好商量》《羊倌有福》《二娃还乡》《天问》《回乡种田》《漫瀚调》《坐着火车上北京》等多部影视剧中饰演角色。

付慧女士是在哥哥的影响下走上写作之路的。

我问付慧女士在《吻过额头的苍茫》《独酌秋韵》《微笑的河流》这三部诗集中最喜欢哪部，她说最喜欢《微笑的河流》。于是我便翻开诗集《微笑的河流》，细心看着。

这部诗集用了两篇序言，其一是内蒙古作家协会副主席张凯先生写的《静静流淌的河流》，其二是中国少数民族作家协会会员、吉林省作家协会会员布日古德写的《飞不走的蝴蝶》。从这两篇序言看就能感受到诗集《微笑的河流》是很阳光的书。

我还没读诗已经感觉到了付慧女士有着阳光般的性情。诗集的第 38 页收录了《时光走了》这首诗。诗中这么写：

走在秋天的路上
独自接受秋雨的洗练
聆听落叶的声音

岁月从眼里划过
过往，就是一曲交响乐
每一个音符
呻吟着沧桑人生

田间地头的草长莺飞
池塘边的绿意蛙鸣
打麦场上的欢歌笑语
月光下的蜜意柔情
随着时光的流走，永久地

在记忆里尘封

秋风一次次吹透枫林
那抹嫣红,一遍遍
净染着我的灵魂

捧起一片落叶
浅吻无悔的青春
举步,跨越昨天的栏杆
踏上通往春天的里程

这首《时光走了》的诗,如同跟岁月同行。诗人是在写时光流逝的感觉,这种感觉用季节与植物来参照。诗的第一小节写:走在秋天的路上/独自接受秋雨的洗练/聆听落叶的声音。走在秋季的路上,一个人感受着秋雨飘落的情景,还有落叶的声音。这节诗句没有直接写时间,而在写季节变化。如果不细品,是不可能把季节与时间联系在一起的。生活中我们普遍关注的是季节,而没考虑时间。可季节变化与时间是密切相连的,季节的转变就是时间的推移。季节让人一目了然,看得见,感觉得到,而时间是隐性的,不细想,不留意,是觉察不到的,容易被忽视。

诗人付慧是细心人,发觉到了时间隐藏在季节深处的艺术性,用细致的语句勾勒出了诗的画面。

从这小节诗文能看出诗人的写作功力。

这首诗的第二小节写:岁月从眼里划过/过往,就是一曲交响乐/每一个音符/呻吟着沧桑人生。这节诗句延续了前面的诗文,没有大的变化,只是意蕴写得更深了,朝着生活靠拢。诗句中把岁月与乐曲联系在一起,衬托着人生。这种诗句许多诗人都写过,算不上新奇,只是在写作手法上与付慧女士有所不同。付慧写得更真切,更贴近生活。

这段诗句把音符比作呻吟,假如比作人的心律呢?如果心律与音乐的旋律相结合,会不会产生更婉约的诗句呢?

这节诗中“过往,就是一曲交响乐。”其中使用了“就”这个字。这个字加重了过往的生活与乐曲的关系,表明了没有分割,如同一体。这是诗人的用意,如果诗人没这种用意,不使用“就”这个字也行,可以把诗句写成“过往是一曲交响乐”,这么写诗句也顺畅,只是平淡了些。虽然只是一字之差,却起到了画龙点睛的效果。

诗人付慧女士把这节诗文写得恰到好处,可我认为人生不应该全是沧桑,不只有呻吟,还应该有阳光。

我期待这种阳光性的诗句出现。

这首诗的第三小节写:田间地头的草长莺飞/池塘边的绿意蛙鸣/打麦场上的欢歌笑语/月光下的蜜意柔情/随着时光的流走,永久地/在记忆里尘封。这节诗句写的是生活场景,涉及面广泛,围绕着乡村生活环境展开。但这节诗文在时间方面写的有点过了,可能是诗人想表达得更完美,而忽视了季节的轮回性。这节诗句主要想表达乡村景物与生活环境在时间转换中会消失,按照常规这是贴切的表述。虽然这一年过去了,景观消失了,然而来年的春季,阳光抚摸大地时,草依然会在田间生长,蛙鸣依然会在池边回响,麦场上依然会有人们劳动的身影、欢乐的笑声,乡村还会重现上一年的景观。虽然后一年与上一年的景观相同,但岁月是不同的,上一年的人生岁月永远过去了,不能挽回,只能封存在生命的记忆中。

诗人付慧女士在这节诗文中把思想写得过于深奥了,不细想,不细品,不用心领会,是读不出内在的含义与深意的。

付慧女士在《时光走了》的第四小节中这么写:秋风一次次吹透枫林/那抹嫣红,一遍遍/净染着我的灵魂。我读到这段诗文时,想着秋风吹过的树林,想着秋季树叶的颜色,但觉着生活中秋天的树叶与诗中写的略有不同,诗中写出了诗人感情的升华与思想的飞跃。

诗是艺术。

艺术本应在现实的基础上得到提升。

诗人付慧女士在《时光走了》一诗的第五节中写:捧起一片落叶/浅吻无悔的青春/举步,跨越昨天的栏杆/踏上通往春天的里程。这节诗文写得入神,有着思想的动态,意念飘逸。树叶已经落了,用手捧起,用嘴唇轻轻贴上,感受着逝去的时光。这里写的“青春”是过去了的生活,逝去的时光如同飘落的树叶般消散了。飘落的树叶是逝去的青春的色彩，秋天不是树叶生长的旺盛期，有待凋落。如果把树叶比作人生，那么，这时的人生已经不是青春年少的生活了。

诗文接着来了个大转变，弯度大，写着“举步，跨越昨天的栏杆/踏上通往春天的里程。”这里用了“举步”两个字，如果不用“举步”呢？如果写“跨越昨天的栏杆”呢？这么写也可以，但显得缺少力度，少了着力点，艺术效果没这么好。通过“举步”这两个字的运用，我知道诗人的文字驾驭能力、写作基础、理解能力都非常好。

这首《时光走了》的诗在结尾处写：举步，跨越昨天的栏杆/踏上通往春天的里程。这与诗的开篇有呼应，加深了诗的思想性。虽然是秋天了，但还有无限的希望，梦想与生活并没在秋天终结，而是开始，是新的起点。

通过阅读《诗光走了》这首诗，我能感受到诗人付慧女士的思想及对人生的态度。这样的诗我是读过的，但再读诗人付慧女士这样的诗，依然有着许多感触，没有厌倦之感。

我认为付慧女士是捕捉自然灵魂的诗人，她的诗与自然环境结合得很好。她在诗集《微笑的河流》中收录了许多这样的诗。

她在《微笑的河流》的第 94 页收录了《守望》这首诗。诗中写：

月亮走，我也走
寒夜茫茫
这，许是
生命的极地

用青春的代价
追寻一段
灵魂飞翔的苦旅
蓦然回首
青丝渐染的我
依然滞留在原地

你的一个讯息

似一朵梦
飘落我的发髻

吟一声婉约的音符
静听风捎絮语
就有了一种释然
时间,不能够
淡忘了那丝牵羁
就像
前世今生
我在用心守望着
枫叶染红的你

我读《守望》时,感觉这首诗的意境特别随意,随意得如同一首歌。诗的第一节写:月亮走,我也走/寒夜茫茫/这,许是/生命的极地。诗中写在寒冷的夜晚,云高月明,万籁俱寂,诗人独自一人在月亮的伴随下前行。特殊的环境会让人产生特别的感受,此刻,诗人心中的感觉如同到了极地似的,因此她在诗中写了"这,许是/生命的极地。"

诗文用了"这,许是",证明实际上并非身处极地,只是感觉生活境界如同极地。

我不知道付慧女士是否去过极地,我推测她没去过,可她对极地环境应该是了解的,不然,她不会把生活中的感受与极地联系起来,而且联系得这么贴切。

付慧女士在《守望》这首诗的第二小节写道:用青春的代价/追寻一段/灵魂飞翔的苦旅/蓦然回首/青丝渐染的我/依然滞留在原地。这节诗文跳跃性大,用回望心态写过去的生活感受。

这里写到了"追寻一段/灵魂飞翔的苦旅/蓦然回首"。回首是人的感观,灵魂是精神所在。这种把精神与感观融为一体的书写是具有艺术性的。

诗文紧接着又写"青丝渐染的我/依然滞留在原地。"这句诗文写出了诗人的年龄段,"青丝渐染的我"应该是中年以后的生活了。诗人已经到了这样的年龄,还滞留在原地,这里"原地"指的应该是在事业上没有大的进展、成就、业绩,她的心中是苦涩的。

这节诗句联系紧密,生动,扣人心弦。

诗人在《守望》这首诗的第三节中写到:你的一个讯息/似一朵梦/飘落我的发髻。这里的"你"应该指的是岁月,而不是某个人。前面诗文中没提到任何一个与作者有关的人,也没提到岁月,可诗文中有岁月出现的影子,只是没放在明显处,而是浅在地流露。

承接前面的诗文,诗人在这节诗中表现出了岁月的存在。当岁月有一丝飘动,敏感的人就能感觉到。

之后,诗人在这首诗的第四小节中写道:吟一声婉约的音符/静听风捎絮语/就有了一种释然/时间,不能够/淡忘了那丝牵羁/就像/前世今生/我在用心守望着/枫叶染红的你。这节诗文写得随心,也惬意。前两句"吟一声婉约的音符/静听风捎絮语/"这是表明当时的心情,所处的环境;随后的"时间,不能够/淡忘了那丝牵羁/就像/前世今生"这几句诗文写出了记忆是深刻的,虽然过去久远,但那种情怀诗人依然忘不掉。

结尾处的"我在用心守望着/枫叶染红的你。"这是在写对岁月的认知。

诗人付慧女士的这首《守望》原本是写心情的,可把自然环境写得那么深,那么美,这或许就是她的风格与特点。

现在诗人多,写诗的作者更多。诗作品随处随时都会在报刊、网络上更新,层出不穷,然而现在的诗作以重叠者、雷同者居多。诗人和诗作者若想引起读者的阅读兴趣,留下印记,就应该写出有自己风格的诗。

这如同歌星似的,有的歌星在模仿别人的歌,唱别人唱过的歌,虽然他唱的也好,但听众记着的演唱者总是首唱者,不是模仿者。

模仿是没有长久艺术生命力的。特点及别具一格是艺术存在的根本。写诗也是这样。诗人和诗作者要想在文学界、诗界有一席之地,那就必须要有自己的诗风。

诗人付慧女士是有自己独特的诗风的。她的诗风就是把个人的诗情与自然环境联系在一起。我读过收录在诗集《微笑的河流》中的《守望》和《时光走了》两首诗后，认为诗人付慧女士的这种诗风很好，证明了诗集《微笑的河流》是部好作品。

正如内蒙古作家协会副主席张凯先生在序《静静流淌的河流》中所说：“付慧的《微笑的河流》是意象的河流，是门前沽沽流淌的小河、是一段美好时光的河流、是一条心灵浅浅流淌的河流……走向草原、走向山川、走向大地……”

我想，假如付慧女士是诗界的河流，那么她的背后应该有一条奔腾不息的大河不断抚慰着她，给她提供创作的后续力量。她背后的那条大河就是家系的文学素养。

她不只有一位在文学创作上取得了骄人成绩的哥哥，她还有两位从事文化工作的侄子。

她的侄子付兵是中国戏剧文学学会会员，内蒙古电影家协会会员，内蒙古电视艺术家协会会员，并注册成立了鄂尔多斯市黑金影视文化传播有限公司。

她的侄子付一闻是内蒙古电影家协会会员，内蒙古摄影协会会员，成立了内蒙古超前影视文化传媒有限公司。

付慧女士生活在这样的文化家族中，取得了这样的成绩不足为奇，是自然的事。她在成绩面前心态是那么平静，不骄不躁。她说：“吴老师，你多提意见……我想提高写诗技巧，想达到新高度。”

我在跟付慧女士交流时，感觉到了她平静、谦虚、上进，可我真想给她提点建议，供她参考。

我希望她今后在报刊上多发作品，打通关系，有意做些推广。虽然她出的诗集好，但影响力没达到预期的高度。这不是她的错，这是我们文化体制的问题。

我们国家在出版方面分割明显，主要分两大块：其一是出版社一方，其二是报刊和作家协会一方。目前在全国各级较大的评奖中，基本上全是由杂志社和作家协会主管着，就算不是作家协会和杂志主办的，也会请主管杂志和作家协会的人来评。作家协会和主管杂志这些人有着排斥出版社出版作品的心态，他们总是认为出版社出版的作品不如杂志社发表的作品质量高，认为出版社是滥竽充数，所以出版社出的作品无论多么好，如果作者名气不大，没被主管杂志和作家协会的人认知，这些作家协会和主管杂志的人就会排斥，就会鄙视，就持否定态度，就不认可成绩。实际上每个杂志社只由一两个人控制着，许多作品能否发表的命运就掌握在这几个人手中。这几个人又不是圣人、完人，他们也有缺陷，可她(他)们有决定作品能否发表的权力。这是文化体制的弊病，但我们改变不了国家体制，我们只能适应。如果有一天各种评奖由出版社的主任、社长任评委,那时对出版社出的作品在文学方面的价值评价可能就与现在不同了。

目前作家协会与杂志社好像为一家,在同一个领域,而出版社是独自的领域,而作家协会主导着中国文学发展趋势,诗人也好,作家也罢,若想得到办杂志和作家协会人的认可,想在文学界有大的影响,必须向杂志和作家协会靠拢。

诗人付慧女士以前好像忽略了在杂志上发表作品这件事,有点偏离中国诗人成名的轨道,应该调整思路了。她既然出了这么多书,也发表了些作品,如果有意在杂志上发表更多作品,名气更大些,不会是难事。

她正微笑着,稳步朝诗坛走来。

发表于 2018 年第 4 期《长河》杂志(内蒙古鄂尔多斯达拉特旗文联)

付慧:内蒙古作家协会会员、中国诗歌学会会员。诗歌《税花赞》获得《蓝色高原》(2015 夏卷)诗歌创作奖、内蒙古自治区地方税务局建局二十周年征文比赛一等奖;诗歌《蓝色之恋》获得内蒙古自治区税务系统“我 · 税务 · 改革开放四十年”全区征文比赛二等奖。已出版发行诗集《吻过额头的苍茫》《独酌秋韵》《微笑的河流》。

开心的阅读

——读诗人颜英诗集《桃花枕》有感

我收到湖北恩施诗人颜英女士的快递包裹后,有点不解,电话里说是寄两本书,两本书怎么还用方纸盒装呢?用纸盒装两本书显然是大材小用了,有点浪费包装。纸盒很轻,打开发现里面有防碰的塑料布和泡沫垫,心想颜英女士的心也太细了吧,寄两本不厚的书,还用这么好的包装。我取出书,拎着纸盒走到室外的垃圾桶前准备扔掉,这时发现在里面的塑料布中还有一个塑料袋,塑料袋里有一小包东西,拿起来一看,是一小包湖北恩施产的茶叶。我恍然明白颜英女士用这么好的包装的用意了。她不是担心书被损坏了,而是怕茶叶被挤碎了。我是喜欢喝茶的,喝茶能提神,能激发思维。我喝过云南茶、福建茶,青岛茶喝的更多了,但没喝过湖北恩施的茶,更不知道那里盛产茶。颜英女士不仅让我阅读她的文学作品,还让我知道她的家乡盛产茶,让我品尝她家乡的茶。这是多么幸福与开心的事情呀。

我把茶放在办公桌旁,去看颜英女士的书。她寄给我的是诗集《桃花枕》和散文集《山路弯弯》这两本书。我看见书的封面就如同见到朋友似的,有着亲切感,她的散文集制作策划人汪衍振先生我在二十多年前见过。汪衍振先生原来是佳木斯市作家协会主席。原来她的诗集出版人跟我也有关系。颜英女士把这两本书赠我阅读,找我写诗评,应该是我与颜英女士的第三次不期而遇了。不是有句俗语说“一回生,二回熟”吗?这是指人与人之间交往方面的话。这样算来,我跟颜英女士不只是熟人了,还是朋友呢。我看了一眼她寄来的茶,感觉更加温馨,翻开了她的《桃花枕》诗集。

这本诗集是2018年3月由现代出版社出版的,棕色封面,设计精美,勒口处是颜英女士的照片。简介中写着:土家族,中共党员,大学文化;在中国作家协会的鲁迅文学院学习过;曾任恩施市旅游局副局长,市妇联副主席……从这份简介我才知道她不只是业余作家,工作中还非常敬业,在职场上也很出色。

那么颜英女士的诗写的到底怎么样呢?我想这部《桃花枕》的诗集应该是能代表她创作的高度。这部诗集有8个印张,定价39.8元,共分7个小辑。

第一小辑名为:《清江流过我的城》。诗人在这辑中收入了《走过风雨桥》一诗。这首诗在书的第 19 页。诗中写着：

怎么都找不到一个路口
给我提供返乡的路标
光阴慢，唯我急行

清江河水安静
没有我想要的船只和渔火
手捧鲜花的人
与我擦肩而过

再上一个台阶
就是风雨桥
我禁不住收紧了衣襟

诗的第一节写：怎么都找不到一个路口/给我提供返乡的路标/光阴慢，唯我急行。前两行诗文写出了诗人想回家乡，但找不到回家乡的路口，表达出了一种迷茫心态。

后一行写出了回家乡的心情是急切的。现实中光阴比行走的速度快很多，人行走的速度不可能超过光阴的速度，可诗中却写行走急切，而光阴慢了。这是反衬描写。

第二节写：清江河水安静/没有我想要的船只和渔火/手捧鲜花的人/与我擦肩而过。前两行诗文写出了河水的状态及诗人想过河的想法。虽然河水安静，但没有诗人想乘坐的船，也没有想看见的渔火。渔火是在夜晚出现的，那么，此时应该是在夜晚。在这样宁静的夜晚，一位年轻女子在河边，面对安静的河水却不急于过河，而是随着感觉在浓浓情思中想着心事。那么诗中的“船”就不是真的船，而是感情船，是意中人；诗中的“渔火”也不是真的渔火，而是感情的希望。当然，只从前两句诗文理解是难得出答案的，但这种喻指在后两行诗文中体现出来了。

诗中接着写道：手捧鲜花的人与我擦肩而过。这么晚了，诗人遇见了手捧鲜花的人，鲜花是送给谁的呢？显然不是送给诗人的，因为他已经与诗人擦肩而过了，这鲜花与诗人无关。此时诗人产生了无比失落的情绪。

这节写出了感情的失落。

第三节写:再上一个台阶/就是风雨桥/我禁不住收紧了衣襟。诗句写出了诗人在往风雨桥走,写出了行走的表情。是夜晚温度低让诗人觉得冷,还是因心情郁闷而让她觉得冷呢?虽然两种现象都可能存在,但我猜测是因心情低落而产生的凉意。这句"我禁不住收紧了衣襟"应该是心情的流露。

心情决定神情。

此刻,诗人的心情不是很好,她的情绪如同夜空中浮动的云在变幻着。

诗人颜英女士在这首《走过风雨桥》中,表达了想回家乡,但回家乡又没有明确的事情,不知道回家乡干什么,想法不坚定,在回与不回之间犹豫的心境。

这首诗把诗人当时的心境写得恰到好处。

诗集《桃花枕》的第二辑名为:《草木间有流水之音》。这辑收入了《逃离》这首诗。此诗在书的第43页。诗中写着:

仿佛从我身边经过的每一个人
都带着酒气
只有我常常隐在草木间
绣人间之美
绣昨日梦里的山水

我愿阳光温暖
我愿雨水干净
我愿野花涂满慈悲的颜色
覆盖仇人的墓碑

万亩油菜花开,蜂蝶飞舞
我愿春风吹
闪出一条路径,跑来一驾马车
将我认领

诗人在这首诗的第一节中写道:仿佛从我身边经过的每一个人/都带着酒气/

只有我常常隐在草木间/绣人间之美/绣昨日梦里的山水。前两行诗句写出了人们在世俗中生活，人们的生活观念过于务实了，没有更高的追求与理想。诗中的“酒气”不是真的酒气，现实生活中不可能每个人都喝酒，更不可能喝过酒的人都走在大街上，诗中的“酒气”可以解读为世俗的生活观念。

诗句“只有我常常隐在草木间”里的“草木”应该也不是真的草木。既然不是草木，又写的是什么呢？我理解为生活中的琐事，是说诗人摆脱了琐事，过着随意的生活。

这节诗的最后两行是“绣人间之美/绣昨日梦里的山水”，诗句写出了诗人是有理想的，她对生活有着较高质量的追求。诗中写的“绣人间之美”是指对生活进行追求，“绣”如同编织，诗人在编织自由自在的生活。

第二节写：我愿阳光温暖/我愿雨水干净/我愿野花涂满慈悲的颜色/覆盖仇人的墓碑。诗句写出了胸怀与气量。当一个人想用阳光和雨水滋润大地，期待大地生长出野花，希望野花能盖住仇人的墓碑，这种气量是普通人不具备的，这种胸怀称得上博大。仇人就是有仇恨的人，对仇人，诗人理应满怀仇恨情绪，可诗人非但没有仇恨，还把心愿写得这么美好。

第三节写：万亩油菜花开，蜂蝶飞舞/我愿春风吹/闪出一条路径，跑来一驾马车/将我认领。第一行诗文写油菜花开了，蜜蜂和蝴蝶在飞舞，这是写自然风景的美丽。第二行诗句是写心愿，希望有春风吹来。前两行诗句诗意较浅，读到诗文就能理解；后两行诗句的诗意就有点难以让人理解。

这句“闪出一条路径”，这是多宽的路呢？“径”是比较窄小的，宽了就不叫径。这么窄小的路径能跑开马车吗？也许能跑开马车。

在路上遇见突然跑来的马车，马车的主人能同意诗人坐吗？

诗句“将我认领”可以解读为坐上马车。

这节诗文写出了诗人在美丽的自然风光中前行的侠义神情，也写出了人与人之间没有敌意，没防范心理，展现出了善良的美好。

诗人颜英女士在《逃离》这首诗中写了想逃离世俗，摆脱烦恼与仇恨，寻找人间的美好与善良的心愿。

诗集《桃花枕》的第三辑名为：《赞美过的土地一言不发》。诗人在这辑中收入了《药》这首诗。此诗在书的第 77 页。诗里写着：

如果可以
我愿把肉身团成药丸
回到炉火中

再借助一匹快马
日行千里

你只需备好一杯水
将我服下

以火取火
以毒攻毒

扼住蛇的七寸
把它降伏

这首诗的第一节写：如果可以/我愿把肉身团成药丸/回到炉火中。这节诗句说明了药的成分。诗中写的药不是普通药，而是用身体制成的药。身体是不可以制成药的，用身体制药说明这剂药与普通药有着极大的区别。诗人在一开篇便点明这是特效药，能起死回生，非常重要。

诗的第二节写：再借助一匹快马/日行千里。这两行诗句是写送药的急切心情。现在生活中马几乎看不见了，就算有马，马的奔跑速度也不可能比汽车、火车、飞机快。诗句“日行千里”写出了距离非常远，相隔千里之外，这么遥远的距离，又是重病，重病是耽误不得的，生命与时间是处在抢跑中，那么用再快的骏马送药也不一定来得及。

此处诗人颜英女士显然是受到古代诗风的影响了，那时没有飞机、火车、汽车，在交通工具中骏马是最快的。诗中引用骏马送药不为过。

诗的第三节写：你只需备好一杯水/将我服下。这是在提醒病人应该做的准备，别的不需要，只要准备好水把药吃下去就行了。

诗的第四节写：以火取火/以毒攻毒。诗句写出了药与病魔之间的搏斗。

诗的第五节写：扼住蛇的七寸/把它降伏。这节写出了降伏病魔的方式。

读《药》这首诗有着快感与激情。整首诗在语句运用方面是比较好的,但后两小节意思相近,如果把第五节和第四节合在一起也是可以的。

诗集《桃花枕》的第四辑名为:《在鲁院,我们谈起各自的家乡》。诗人在这辑中收入了《苏醒》这首诗。此诗在书的第102页。诗中写:

破茧而出是苏醒
大病初愈之后也是

我只是蹚过了清江河
爬上了万里长城

众山如墨啊
而杀声四起

让我顿时感到苍天之下
一切恩怨皆可被宽恕

这首诗的第一节写:破茧而出是苏醒/大病初愈之后也是。诗中写大病好了是苏醒,破茧而出也是苏醒,两者都有再生的含义。

第二节写:我只是蹚过了清江河/爬上了万里长城。诗中写了爬上万里长城和蹚过清江河,这两者无论行走哪个都不容易,诗句写的是艰难抵达。

第三节写:众山如墨啊/而杀声四起。这节看上去与诗的主题无关,应该是用来承上启下的过渡诗句。

第四节写:让我顿时感到苍天之下/一切恩怨皆可被宽恕。这节有着恍然大悟的用意。

读过《苏醒》这首诗后,我明显能感觉到其中有启迪的用意,每一行诗句似乎都带着警示的含义。第一节与第四节表明了内在的思想,第二节与第三节是承接作用。

虽然《苏醒》这首诗没有过深的思想,但从整体诗句来看,诗人在创作上文笔是较为成熟的。

诗集《桃花枕》第五辑名为:《你不来,我就把自己烧成青花》。诗人在这辑中收入了《空山》这首诗。此诗在书的第127页。诗中写:

只有空山
才容得下我的爱

于是我一遍又一遍地呼喊你的名字
我相信草木能听见的
你一定也听得见

我喊,大声地喊
从密林里喊出一只鸟
从崖缝间喊出一条活水

喊累了我就坐下来
听那些回音
一字一句地落下来
有安慰也有训诫

无处可落的都是灰烬
让它随风散去好了?

这首诗的第一节写:只有空山/才容得下我的爱。诗意简单,读到诗句就知其意。

第二节写:于是我一遍又一遍地呼喊你的名字/我相信草木能听见的/你一定也听得见。诗中写的"你的名字"是没有局限性的,而是随意呼喊,这是情绪的释放,感情的宣泄。

第三节写:我喊,大声地喊/从密林里喊出一只鸟/从崖缝间喊出一条活水。诗句写着声音的力量。在山间呼喊是有回音的,如果惊动鸟 符合现实,但不可能从崖缝中喊出水。诗句带有夸张性。

第四节写：喊累了我就坐下来/听那些回音/一字一句地落下来/有安慰也有训诫。诗中的“喊累了”不是真累，而是当时的状态。声音在山间回响，是缓慢消失的。

此节中的“有安慰也有训诫”一行诗句看上去与主题无关，难以让人理解，在前面的诗句中没有相关诗意，要到后面的诗句中去寻找答案。

第五节写：无处可落的都是灰烬/让它随风散去好了？前一句“无处可落的都是灰烬”，“灰烬”是可以随处落下的，而诗中却写无处可落，这是怎么回事？如果把“灰烬”理解成是心绪呢？无处可落的是心绪，是不是符合诗意呢？让心绪随风散去，这种表达应该是合乎情理的。

我一直读到《空山》这首诗的结尾处，仍没找到与第三节“训诫”有关联的诗句。这是诗人颜英女士的笔误吗？显然不是。既然不是笔误，又应该解读成什么呢？我认为应该是思想的觉悟，或静下心后，对某些事有了新的想法。

诗集《桃花枕》的第六辑名为：《泥土之下，光阴藏得那么深》。诗人在这辑中收入了《太阳像一个滚烫的蒲团》一诗。此诗在书的第187页。诗中写：

五层高的新教学楼已见雏形
架子工刘二
右手一根手指粗的钢钎
左手一捆铁丝
绑牢一个十字架又爬上另一个

柳荫里的孩子们
似在观看猴子爬杆的游戏
欢愉不止

刘二还在向上攀爬
安全帽如一个晃动的钉帽
而十一点的太阳

像一个滚烫的蒲团
挂在最高的杆头上

这首诗的第一节写:五层高的新教学楼已见雏形/架子工刘二/右手一根手指粗的钢钎/左手一捆铁丝/绑牢一个十字架又爬上另一个。诗句写一个名叫刘二的建筑工人在学校新建的大楼上工作,处在高空的位置。诗的语言没有修饰,如同纪实性记述。

第二节写:柳荫里的孩子们/似在观看猴子爬杆的游戏/欢愉不止。这节写出了孩子们的天真,如同观看猴子爬杆,不知劳动的辛苦,呈现着天真与现实的对比。劳动是艰辛的,孩子是天真无瑕的。

第三节写:刘二还在向上攀爬/安全帽如一个晃动的钉帽/而十一点的太阳/像一个滚烫的蒲团/挂在最高的杆头上。这节诗文写出了建筑工人刘二的辛苦,他悬在高空中,安全帽变成了一个点,太阳则像一个滚烫的蒲团挂在最高的杆头上。“滚烫”表明了当时的温度。“杆头”在这里应该指太阳从天空照射下来时的接触点,因为太阳不可能挂在杆头,诗人只是在用“杆头”比喻太阳的位置。

这首《太阳像一个滚烫的蒲团》,以流畅的文笔写出了建筑工人刘二的工作环境,把场景写得淋漓尽致,语句运用准确,描写生动,诗意明朗。

诗集《桃花枕》的第七辑名为:《我养了一群小蝌蚪》。其中收入了《私欲》这首诗。此诗在书的第212页。诗中写:

昨夜大风吹彻
我要推开门去看看
风怎么突然停了

雪霁茫茫,没过了脚踝
哦,忽然醒悟
风被按住了
还有那些贴紧地面的草芽

嘘,孩子们

不要轻易破开那些雪
风会钻出来
草也会钻出来
让它们安静多好

天下这么大
像只把我一个人拥抱

诗的第一节写:昨夜大风吹彻/我要推开门去看看/风怎么突然停了。诗句是口语化的,不加任何修饰。诗意是昨夜起大风了,诗人不解风怎么突然停了,敞开门想去看风停的原因。

第二节写:雪霁茫茫,没过了脚踝/哦,忽然醒悟/风被按住了/还有那些贴紧地面的草芽。诗句是写被雪覆盖的场景和雪的厚度。当诗人打开门,呈现在她面前的景象是雪地茫茫,无风,脚踝被雪盖住了。

第三节写:嘘,孩子们/不要轻易破开那些雪/风会钻出来/草也会钻出来/让它们安静多好。诗意是想保留雪覆盖的场景。孩子们是喜欢堆雪人,打雪仗的。前两行诗是在提醒孩子们不要触碰雪。

"风会钻出来/草也会钻出来"这两行诗句描写得有些夸张了。触碰到雪,雪不厚,草会露出来,符合现实;可是触碰到雪,会起风,这就不现实了。碰到雪与风是没有关系的,碰到雪是不会起风的。可诗人为什么这么写呢?我推测是考虑诗的整体语句效果及阅读感觉。

这句"让它们安静多好"是一种心愿。

第四节:天下这么大/像只把我一个人拥抱。这节诗写诗人站在广阔的雪原上,风冷,气寒,有着独自存在感受。但这种感受与诗的主题是矛盾的,因为前面的诗句中写到"我要推开门去看看"和"嘘,孩子们",这证明不是在雪原上,不是在空旷地带,而是在家门口或村庄里,不管是在村庄里,还是在家门口,只要不是在广阔的雪原上,都难有那种孤独存在的感受。当然,艺术是高于生活的,真实的生活不是艺术。诗人这种感受是在思想与感情升华后产生的。这么一来,就不能从一字一句来理解诗意了,应该从诗的整体性、贯穿性理解诗意。

这首《私欲》写出了个人感受,没有过多影射的含义。

我读了诗人颜英女士的诗集《桃花枕》的七个章节,解读了七首诗后,并没找到诗人在诗集《桃花枕》中想表达的想法与答案。

我想是否能在《桃花枕》这首诗中得到解读呢？这部诗集是以这首诗命名的，那么这首诗应该是书的核心思想，或是诗集中心思想的概括。这首《桃花枕》被收在第五辑。在介绍第五辑时我没提这首诗，是因为我认为这首诗的诗意超出了小辑的容量。这首《桃花枕》在书的第125页。诗里写：

是的，满树的桃花
终会落下来

这么多年
我习惯了捡拾那些
散落的花瓣儿
絮我的桃花枕

等我老了
把它枕在头下
我相信在夜深之时
桃花枕里会有一个人

每天都轻轻呼唤
我的名字

这首诗表达着诗人对生活的感觉。诗中的桃花应该是指生活中美好的事情。桃花虽好，终会落下，美好的幸福生活也终会过去。诗人把开心的事情如同收集桃花似的收集起来，做成了桃花枕。“枕”是睡觉时放在头下面的，而头脑是思考事情和产生情感的器官，这证明枕头很重要。当老了的时候，回想起往事的美好，如同轻嗅储存在枕头中的桃花那么近。

我合上诗集《桃花枕》，看着办公桌角上的茶叶，想象着远在湖北恩施的诗人颜英女士。

她出生于上个世纪七十年代，容貌俊俏，有着淑女般的性情，多年前已经是恩施市旅游局、妇联等部门的主要领导了。她利用工作之余在文学的土壤上勤奋耕耘,并且创作出了众多散文和诗。这是多么优秀的人!

每个人取得的成绩跟努力、智慧及处事有关。

诗人颜英女士非常谦虚,通电话时,她说:“吴老师,我的作品怕你相不中……”

我耳边回响着她清脆的话音,那么恬静,那么柔和……她寄来的茶叶虽少,但感觉很好,有着千里送鹅毛之情。茶香浸润着我的嗅觉,我觉得开心。我是在非常开心的心境中,读完了她的诗作,这是一次开心的阅读。我也想写诗了。我想为颜英女士写一首交往的《桃花枕》,给她存念,祝她生活开心,在创作与工作中越来越好。

颜英女士,虽未谋面,但诗意如同电波,传送真情,拥抱一下吧,这是我遥远的祝福。

发表于2019年春季号(总第43期)《女儿会》杂志(湖北恩施市文联)

颜英:女,70后,土家族。鲁迅文学院第27期少数民族文学创作班学员,中国少数民族作家协会会员,湖北省作家协会会员。曾任恩施市旅游局副局长、市妇联副主席,现任恩施市政协常委。已出版个人散文集《山路弯弯》、诗集《桃花枕》。

聚焦草原黑土地的诗人

——读布日古德的诗

古人的农耕文化,常常把人和动物作为图腾。如果我们总结一下,便会发现,神农氏的天地图腾,炎黄子孙的图腾,以及藏族、蒙古族的图腾都和动物有关。此时的动物一旦被仰望起来,就有了神奇的魅力。从此,这些心中的神,以及它们的符号,便被远古的中华民族刻在摩崖上,刻在千年的古树上,顶礼膜拜,就像高山中的涓涓细流,穿过大峡谷,穿过大森林,向东,投奔阳光温暖的地方,直奔大海。于是我们的祖先就把马牛羊、鼠虎兔、鸡狗猪、龙蛇猴作为天干地支的符号来记载历史,让人铭记不忘。这些动物符号,往往和农历年出生的人的命运、生活、性格捆绑在一起,这些动物的特点往往也会在这些人身上或多或少地体现出来。

布日古德的生年符号具备了明显的动物性特点。布日古德先生属猴的,丙申年八月出生。在他的作品中,无论是诗,还是散文、歌词、评论,乃至新闻、杂文都处处暴露出猴性、猴人、猴诗、猴文的特点。布日古德先生从事过新闻媒体工作,他的新闻通讯、杂文是反传统的,经常抛开“五个 W”的写法,常常写得非常鲜活,写得掷地有声,写得有血有肉。布日古德先生的杂文在《中国青年报》、《工人日报》、《农民日报》、《人民日报》、《经济日报》经常刊发。他的文章真是猴一样,不定性体,不安分守己,但他的的确确是聚焦草原黑土地乡愁的诗人。

最近,我读了布日古德先生的《苦楚》和《鹰》两本诗集,进一步找到了他猴性、猴人、猴诗的本源。

《苦楚》是一本再现北大荒的诗集。布日古德先生采用纪实的手法,真实撷取北大荒的大自然之美,用诗歌形式再现北大荒的年鉴或者断代史。

在创作这部诗集时,诗人布日古德先生走访了北大荒垦区多数农场及农场连队,听取了几百位各界人士的讲述。

他的诗集《鹰》,收入了发表在全国各地报刊上的作品。

两部诗集各有特点,相互辉映,堪称联袂。

布日古德先生的猴性体现在文章中,灵活机动,灵动不死板。每一首诗都具备了鲜明的个性。我说的猴诗,这是指诗人具备了深厚的生活底蕴,能将所见所闻手到擒来地化为诗句。由于他的诗具备了明显的井喷式写作手法,所以绝大部分作品保持着原汁原味儿的诗意。于是诗人提倡的传统的赋比兴,郭小川式的大段落排比,有节奏感的抑扬顿挫,都明显地落到了纸上。他认为,诗应该保持良好的传统态势,要提倡在此基础上的创作与创新。

他的猴诗、猴文,另一个显著特点是主题鲜明,立意新,取材角度好。在挖掘乡愁素材的时候,诗人的根须必须深深地扎进生活的泥土里,在生活中找故事,在草原上、黑土地里汲取营养。比如组诗《黄昏后的故乡》就是这样。诗中写:

1. 麻雀

故乡唯一的风景
是村头河边上那几棵
榆树、杨树、老槐树
夕阳下,树影、老驴
倒映在河里,麻雀和山羊群
让人们知道了乡下人的归宿
那一铺老火炕,那一碗饸饹面
有说不完的苦涩,聊不完的快乐

躲过了那么多劫难
回忆开始浮出水面
人们习惯了叽叽喳喳
麻雀是乡村梦中唯一
最虔诚,最具活力的精灵
清晨,黄昏它用另一把钥匙
打开五谷杂粮的那一把仓房大锁
孩子读完方志敏的《清贫》
才知道夕阳下那高高的谷堆旁
它们聚集在一起议论着什么

2. 一粒沙子，一块石头

田里容不得
就扔到埂上
碗里容不得
就扔到桌上

人世间
同流合污和格格不入
是两张纸牌
燧石取火和杀鸡取卵
几碗酒下肚
也可能合并同类项

即使粉身碎骨
石头就是石头

3. 雪地上

一行脚印儿穿过一片辽阔
一片辽阔让一行脚印儿那么执着
人世间总是
深一脚浅一脚
自己倒了自己爬起来
尽快找好站位
仰慕的空间张力太大
草依然是草，花依然是花
无情的世界常常暗箭伤人
面对现实，岂止是
这迎面扑来的一场暴风雪

这组诗写了三个意象——麻雀，石头，雪地上的脚印儿，读完这组诗已让人心中充满了乡愁的感觉。一是麻雀在黄昏下，乡村明显有了神韵，无论是在梦中，还是在现实中，诗人要体现的是农家的安全感，粮食安全，生命安全。二是诗人的石头有着明显的个性，“石头就是石头！”三是雪地上的脚印儿，诗人通过这一行脚印，直抒胸臆，表达人生的艰难，生活道路的曲折，以及现实世界的残酷。这组诗写到了生活的痛处，为读者留下了较好的张力空间。这组诗的另一个特点是，一根线一穿到底，达到了纲举目张的目的。

布日古德先生近三年来在公开报刊上发表了七百多首诗歌、歌词，除此之外还发表了五十多篇文学评论，三十多篇散文，应该说创作成果颇多。这几年来，他的诗也越来越受读者关注。

布日古德先生走遍了内蒙古大地，挖掘蒙古族地域风情，写出了一首首反映草原生活的质朴诗歌。比如他在《塔林苏布鲁嘎》（外一首）一诗中这样写着：

大雨过后
阳光斜射过来
所有的水草
都戴上光和虹的花环

塔林苏布鲁嘎
我叫你的小名：塔头墩子
这一片绿草馒头
一样的大甸子
狼和羊，露珠与小鸟
胡杨和沙棘
有了鸟瞰的天堂
牧羊人挥一下鞭子
琪琪格直起腰来
泪水就套在烟圈里

哈拉毛都

树是野生的
一万年，原汁原味
黑，也是金子
只要心是红的
春天还是招招手
喜欢它。即使
咬不准某一个音节
我们还在一堆篝火里
恩恩怨怨，一堆篝火里
煮奶茶，烤羊排
一堆篝火里
唱鸿雁，嘎达梅林，诺恩吉雅

哈拉毛都，埋着我
胎衣的草原、黑树林
我额吉乳房喂养的嘎查
我的命，就是
敖包旁一株草，踩倒了又爬起来

塔林苏布鲁嘎，蒙语，“塔头墩子”之意。诗人布日古德先生把沼泽湿地上林林总总的百年塔头比作绿色的馒头，特别新奇，有诗意。诗人笔下辽阔的美景，远远近近，上上下下，活灵活现。哈拉毛都，在蒙古语中是“黑树林”的意思。这片黑树林应该是大兴安岭南麓延伸到哲里木盟山地的黑桦林。

布日古德先生注重在诗中表现人物个性。他在《塔林苏布嘎鲁》一诗结尾点题“琪琪格直起腰来，泪水就套在烟圈里”，这是谁的泪？琪琪格的吗？烟圈又是谁的？泪水和烟圈相容相拥，生活的苦辣酸甜不言而喻，让人们看到了蒙古族同胞面对现实的坚强。

第二首诗的结尾想象新颖奇特。

“哈拉毛都，埋着我
胎衣的草原、黑树林
我额吉乳房喂养的嘎查
我的命，就是
敖包旁一株草，踩倒了又爬起来”

两首诗一个主题，“命运和坚强”异曲同工。结尾的“我的命，就是敖包旁一株草，踩倒了又爬起来”把诗意提升到另一个仰望的高度。

这就是诗，这是布日古德先生的诗，这是布日古德先生格调高雅、积极向上的诗。

布日古德：蒙古族。中国少数民族作家协会、中国诗歌学会、中国音乐文学学会、吉林省作家协会会员。高级记者、记者站站长。大量作品在《诗刊》《北方文学》《词刊》《内蒙古日报》《草原》等报刊发表并获奖。著有诗集《苦楚》和《鹰》。

感悟人生

——读江兆明诗歌有感

江兆明先生出生在上世纪五十年代中期,他是从上世纪八十年代初期开始发表诗歌作品的。我们可以看出来他是在青春年少的时候就已经开始诗歌创作了。

他爱好诗歌,更喜欢诗歌创作。喜欢与爱好能使诗人充满激情,产生灵感。

诗歌创作本身就是需要激情的,如果在诗歌创作中没有真情实感与激情,那么写出的作品就是空洞,苍白的。

江兆明先生是一位对生活、对工作充满激情的人。

年轻时的江兆明先生并没有创作多少诗歌,我们能够读到的他那时创作与发表的诗歌并不是很多。虽然这是非常遗憾的事情,但我们可以从另外一面看到他的奋进与坚持。奋进与坚持是成就梦想的力量。

江兆明先生有两个梦想:一个是工作,另外一个就是写诗。从表面上看,他的工作与诗歌创作没有什么关系,可实际上这两者在他的生活中是密不可分的。他在工作与生活中反思人生,然后用诗句抒发出来。

他的诗能给我们人生的启迪,我们从他的诗歌中能感悟出人生的哲理。

感悟人生就要有丰富的人生经历,这样的诗歌才会拥有更加丰富的思想与境界高度。

江兆明先生虽然在年轻的时候就已经开始了诗歌创作,可后来又停止过很长时间。虽然他停止了诗歌创作,但他对人生的感悟却从来没有停止过,他对人生的感悟在逐步加深。这就为他后来的诗歌创作打下了坚实的基础,积累了宝贵的经验。

成熟的思想是作品成功的一块基石。

他在经历过许多岁月的洗礼后,再次开始了创作。这时他灵思如潮涌,一发而不可收,在不到两年的时间里,先后出版了《海韵》和《海石子》两部诗集。这是可喜可贺的成绩!诗人的思想也更加成熟了。

他创作的诗歌中有着对未来的憧憬,也有着对现实的沉思,更有着对人生的顿悟。

诗是灵性的产物。

江兆明先生有着热爱诗歌的情怀与热忱。

情怀与热忱是诗人创作的发动机。只有有了这种热情与热忱,诗人才能创作出美好的诗篇。

江兆明先生创作的诗歌,如同一波又一波浪花涌上海岸,给了我们宽广而深刻的遐想,让我们在读诗之余面对大海,反思人生。海之宽阔与壮观更让我们感受到美好的情愫。他之所以能写出这么深刻的诗,是因为他进行了长期的积累。只有春天里辛勤地播种,我们才会在秋天有丰硕的收获。岁月已经匆匆而过多年,诗人成熟的思想,深厚的阅历,都成为滋养他创作的沃土。

诗人在《大海之悟》中这样写道:

我的深情　从万千瀑布飞下
一路翻滚　注入你的胸膛
温暖顷刻包容一切
连同我的冷酷　无情　疯狂
幼稚的梦开始孵化　由黄变蓝
浮生的躯体溶解　坐化
进入新一轮脱胎换骨的生长

无需记忆　也没有必要回望
在寻找你的路上　披荆斩棘
每走一程　都留下破碎的创伤
我的渴望　一次次缝合落痕
坚挺地走了出来　背叛过去
义无反顾地涅于茫茫的海洋

诗人在这段诗句中的感情就是借助大海来反思人生,顿悟生活。诗人似乎是想表白一种内心的情怀——诗人是在经历了许多事与人后,在人生的旅程中悟出了一种人生的哲理,可诗人又不是特别地明了。

而诗人在这首诗中还这样描写道:

我的热爱就这样的没有任何羁绊
每一滴的挥洒　都有许多的情感酝酿
我忏悔　我曾经有过太多的冰冷
没有付出过多的爱　却给世间
留下太多的荒凉与忧伤

从这段诗句中我们就明白了诗人的感情。

诗人是人，而不是神。他对生活的热爱远远超过了普通人，我们普通人有时是很难读懂诗人内心深处的感怀的，但我们能体会到诗人的倾诉。

倾诉是诗人的常态。

我们感受到了诗人的倾诉就对诗人的追求有所顿悟了。

江兆明先生的诗不但让我们顿悟了人生，也让我们明白了人生的追求，还有那奋斗的目标。

如果说江兆明先生在《大海之悟》组诗中表达的是内心深处的感怀，那么，我们从《清明的梨花》的诗句中就能更近一步悟出人生。

诗人在《清明的梨花》中这样写道：

清明时节　我轻轻走近你
走进白色的海洋　在你
盛开的浪花里摇曳
如同一条游鱼　如一粒沉沙
感受你纯净的洗礼
膜拜你　簇拥浩瀚的圣洁

我伫立在你的身旁
感受着你熊熊的白色火焰
这般地烁闪　这般地炽烈
我仿佛置身于历史的篝火
一簇簇永恒的纪念
就这样燃烧　蔓延
悠远的回忆踩着白云

纷然而至　落满枝畔
漂白了无尽的岁月

在这首诗中诗人似乎是在诉说着一种崇敬,这崇敬是发自诗人灵魂深处的。诗人是以物代情,代着无限对人生的追忆。

追忆是人的本能。

自然界万事万物都是有规律的。

人类对岁月的追忆是无尽的,这种无尽的追忆就是生命的规律。

诗人对生命,对岁月都有着自己独特的见解,诗人又把见解通过诗句讲诉了出来,这种讲诉如同悠扬的旋律扣着读者的心弦。

如果说《清明的梨花》这首诗是写人生的,那么《大海之悟》就是悟性的,两者有着一种相互的补充。

生命就是这样的轮回。

江兆明先生在《海韵》这部诗集中对人生的感悟很深。这部诗集分为上、中、下三个部分,在其中,诗人有着对美好童年的回忆,也有着对故乡的思念,更有着对爱情的期许。

其实,期许爱情也好,思念故乡也罢,都是一种情怀。这种情怀源于诗人的成长经历,对生活的顿悟。

如果说江兆明先生在《海韵》这部诗集中讲述了对人生的感悟,那么,这种哲理式思索在他2012年出版的《海石子》诗集中又有了更进一步的升华。

诗人刚出版不久的《海石子》这部诗集分为海情、乡韵、爱音三个部分。

三个章节是不同的。在《海情》中收有《让大海靠近你》这一组诗,在这一组诗中有《海市蜃楼》一诗。诗人在这首诗中写道:

今天的大海平静如湖
我轻轻推开悠闲的薄雾
眼前霍然明亮起来
海面上生出一片海市蜃楼

美轮美奂　通体流苏
虚实香染　山清水秀

依稀传来溪流的哗哗声
恍惚中窜进一群蹦跳的白鹿

渐渐的　一落群峦翠绿起来
半腰垂挂一条飞下的瀑布
渐渐的　一处田园芬芳起来
桃花盛开　春风野渡

一声鸡鸣从山后飘来
仿佛有炊烟盘旋着绕出
喔　可是传说中的桃花源
落在这嘈杂的人海处?

在这首诗中,诗人内心想表达的是一种美好的境界。在我们的日常生活中,海市蜃楼的现象是不存在的。诗人借用这种假设表达心声。

诗人向往海市蜃楼,但生活就是生活,诗人在放纵地描写过心中的意愿之后,在诗的结尾之处又回归生活了,又把目光回落到现实的生活中,于是诗人又写到了鸡鸣、炊烟、桃花,还有人海,这就与先前的描写呈现出了极大的反差。但正是这种反差才更能展现出诗人写诗的功力来。

如果读一首诗,一眼就能看出实质来,那么这是没有深度的诗;有深度的诗总能让读者感受到内在的力量,让人在读过之后回味无穷。

我认为江兆明先生就是一位有深度与广度的诗人。

诗句的广度与深度是吸引读者重要之处。说到此处,我便不由得想起了诗人的另一首诗,那是一首名为"思考一朵花"的诗。在那首诗中,诗人这样描述:

我在深深地思考你　你这朵令人怜悯的花
原本你应该绽放得更加艳丽　更加体柔貌美
只因开得太早了　无意中透露了温情的花事
倒春寒便冷酷地闻讯袭来　无情地扫落风花
报春的时节　你就这样失去了珍贵的花期
痴花人尚未吐情　便折断了自己短暂的生涯

可惜可叹呵　仅仅是过早地听从了春天的要求
却不知那冬的余威　会有这么无法抵御的可怕
深沉地妒忌　足以让你叶片黯淡　瓣容失色
那积攒的残余势力　时刻会将你在春色中融化
本性生冷的一些事物　反季节里格外善变
你没有预案　很温柔的流水也能将你彻底冲垮

也可能你得到了丰润的滋养　根系发达
有一种期望在运作　运作你早一点花开引路
能展示同类的风姿　立足于尘世的花前月下
可是你应该切切关注细雨啊　它是怎样的公正
连一株简单的小草都知道曲卷　动则滴泪
结果你却陷入春色　过早地染红了娇嫩的面颊

你这样纯洁地入世　应该多了解变换的季节
残酷的交替　那是怎样的不顾及正在萌生的绿芽
你怎么会这样无知地接受温暖　接受号召呢
开放的花很多　你却单单张扬得丝毫无瑕
为什么盛开前不收敛一些　包紧芬芳的秘密呵
花最讲究地是暗香　你就这样地凋零在光天化日之下……

我读过这首诗后心情总是不能平静的。这首诗的深度与广度完全超出了我的预想。诗人是在借物咏人，物中有人，人中有情。当诗人把物描写得那么深情的时候，读者的心能不被感动吗？

虽然这是首写景物的诗，可诗人把花当成了人，当成了知己，当成了倾诉对象，他在与花交谈，在与知己交心、吐露衷肠，这样就让花的灵性更加充实了。充实了花的形象，也就把诗人想要表达的情感抒发出来了。

诗人对人生的理解是那么的独特。

独特就是成功的一部分。

我在认真阅读过江兆明先生的《海石子》及《海韵》这两部有思想深度的诗集

后，总在自问诗人的思想为什么会那么深远呢？我想这应该与诗人的人生经历有关，经历是人对生活的体验与总结。

江兆明先生在成为诗人之前，就已经是大型国有企业的高级管理者了。他从沂蒙山区的村庄走来，踏实地走着每一步。他一步一个脚印地走向部队，走向城市，走向国企；他从基层做起，一级一级地攀登着人生的台阶。

这也是一种激情。

虽然诗歌创作不是他的职业，但他的创作水准又是那么的专业。

他是一位很优秀的诗人。我们从他的诗句中能感受到生活的另一面，也能悟出许多解不开的人生哲理。

我想这就是我喜欢他的诗的原因之一吧。

发表于《时代文学》2013 年第 2 期下

江兆明诗集《海滋味》序言（中国文联出版社 2015 年 1 月）

江兆明：男，山东省作家协会会员，在《山东文学》《时代文学》等多家报刊发表作品。已出版诗集 3 部。

彩云之南的歌谣

——读伊蒙红木诗集《云月故乡》有感

我是经常读诗的，但很久没读诗集了，因为现在的诗集能打动我的不多。我读诗是因为在编辑杂志时有大量诗人投稿。因为读的诗太多了，雷同的诗见多了，好像就有点麻木了，已难从诗人的创作中找到新鲜感与独特之处。可是，当我收到诗人伊蒙红木从千里之外寄来的《云月故乡》诗集时，情思突然涌起，感觉这本诗集是有可读之处的。

诗集《云月故乡》共二〇六页，分六个章节。我细心读起。

诗集的第一章节：与迁徙有关。

这个章节名字给读者的感觉非常朦胧，但能让我感受到应该是与生活有关，与命运有关，不是那种风花雪月的诗。

因为我写小说，而小说是以人生命运为主线的，所以我喜欢写人生的诗。诗人在这一章节中收录了《注定别离的选择》《记忆》《故乡》等诗作。

诗人在《注定别离的选择》中这样写道：

天神赐予的地方，不断繁殖的
人类代替树木占满山冈
猎物一天比一天少
田地长出的粮食糊不饱众口

从这段诗句中我能感受到诗人对生态变迁的攸关意识。这种攸关不是诗人对个人生活的担忧，而是对人类的担忧，这是宽广的思想意识。

诗人在《记忆》一诗中这样写道：

一座坚固的记忆
遗传自祖先

像太阳不会撤去。

我从诗句中能感受到诗人思想的光芒。诗人的思想是那么远，远得让我追溯到人类的起源，因为我们的祖先不可能比太阳存在得更早。而诗人把记忆、祖先、太阳联系在一起，作为这首诗的开篇，这是很成功的。

诗人在《故乡》中则这样写道：

故乡，枕着欢乐，枕着忧伤
一只载着前世今生的独木舟
芦花飘荡的清潭，治疗心疾的良药
灵魂栖息的孤岛

诗人伊蒙红木把故乡比喻成了良药，药是治伤用的，人的心灵也是会受伤的。生活中我们遇到不如意的时候常会想到故乡，故乡是我们成长、生活过的地方，故乡留有我们许多难忘的记忆。诗人的高明之处是没有直接写故乡，而是用哲学性的文笔写出了故乡在心中的分量。

我读完诗集《云月故乡》的第一章节时，已经深深地感受到伊蒙红木是位优秀的诗人。她写的诗对生活，对人生，对艺术有着特别的感悟。

诗集的第二章节为：故乡的事物。

我从这一章节的名字就能读懂诗人想表述什么。看上去很明了的文字，读起来会更顺口，入心，因为好的文学作品就是能给读者好的阅读感觉。

我在读《半路听到的独语》时，从诗的题目就感受到了别样的情意，这情意如同远方飘来的浓浓酒香，诱惑着我，吸引着我。当我翻到这页时，却发现是首短诗，全诗只有十行，这让我很意外，这么具有深意与内涵的题目完全可以写成组诗、长诗，而诗人为什么写这么短呢？我伴着不解与疑惑读着诗，慢慢品味其意，其情怀。渐渐地，我读懂了诗人写诗时的感知。诗人在这首诗里写道：

语言无法打通你的心脉
世上的路被你暴饮一生的酒精堵死
面对面

你的生死，我无动于衷

孤鸟藏进深秋叫冷
杂木林地独自荒凉
那将是我丢弃的地方
像把破损严重没有锋刃的刀扔进河底

世上除了逐日流逝的春光
有谁可以质问我的冷漠

我在读过这首诗后沉思良久，带着一丝疑惑去猜想诗人写这首诗的心态与创作意图，假如这是一位男诗人写的诗，我是不会有这种疑虑的。我可以把诗人的诗风看成是类似于李白、杜甫的，那种悲天悯人的感怀，是男诗人的风格，而出自于女诗人就会让人觉得有些惊讶。在当今这个大时代背景下，诗人的处境是非常好的，并且她的生活与工作也都是顺心如意的，那么诗人为什么写下了这样伤感的诗句呢？

我带着不解合上了诗集，长久地注视着诗集的封面，如同面对面与诗人交谈。不知过了多久，我逐渐读懂诗人写诗的心情了，诗人在用超大的心怀感受着人间的变迁，把意境投向很远……

在诗集的第二章节里还收录了一首《乡间经声起》，这首诗也是值得一读的，如果说《半路听到的独语》给了我一种超世的感怀，那么这首《乡间经声起》就如同一首从乡间飘来的歌谣，让我回到静谧的生活中。

上世纪八十年代台湾流行歌曲曾风靡一时，其中便有许多民间歌谣。那时我是沉浸其中的听者。

我也喜欢中国的山水画，记得小时候，过年时家里总是挂着许多年画，画中的房子在山水之间，山间有白雾缥缈，如同人间仙境。童年的我总是沉浸其中，心想那是生活最好的地方；可我在以后的生活中一直没有找到那样一个地方，一直在繁杂的城市中生活，城市的钢筋水泥给人以冷漠，让人焦虑不安。

现代化城市的进程让人的情绪处在高度亢奋中，我们需要以平静的心态面对生活，面对未来，可是只有用良好的心态才能调整好自己的生活方式。

诗人伊蒙红木生活在云南大山深处，有着得天独厚的创作环境，而她的心态又是那么好，所以能信手拈来写出这样的诗。这种心境看似简单，而生活在城市里的诗人却是很难做到的。

当我读到下面的诗句时，便真切地体会到了诗人内心的平静。她在诗中写道：

云雾散尽
村庄中央高挂的经幡随风扬起
挺直直的经竿上，照妖镜里人影晃动
还有走来走去的黑狗尾巴
……

这不是难得的享受吗？

诗集的第三章节：与爱情有关。

一目了然就知道是写爱情的，可是在这一章节中收录的诗直接写爱情的却很少，少到几乎没有。说实话，写爱情的诗实在是太多了，多到数不胜数，这可能与自从人类存在就有了爱情，就有了性欲有关。这是生理的需要，也是物种繁衍必备的本能。人类繁衍下来没性欲是不可能的，有性欲没爱情也是不可能的，不管是悲，还是喜，这两种肯定是人们知道的、体验的最多的，可以说是每个人的人生过程中都要经历的。而诗人的高明之处是在创作时规避了直接描述，采用哲理的方式表明自己的想法与观点。比如诗人在《白女人》一诗中写道：

通体雪白女人
不惮用最贪婪的方式断绝世俗的烦扰
任凭从脚跟堆达云发的白银购走她的一生

她在阴冷潮湿的矿洞舞袖
奔行的血液祭献涂抹泥巴的白天与沉静的黑夜
只为博得茂隆山银神仅有的一次回眸

我们从中很难读到爱情这两个字，然而诗人却写了一个女人对爱情的回应和向往。有人说女人在爱情上是最容易失去理智的,我也这样认为,诗人好像也是这样理解的。伊蒙红木是女诗人,她更懂女人的心思,更懂女人对爱情的看法,所以她写爱情诗写得深邃,能洞察到爱情的深处。

诗集第四章节:与守土有关。

我们通常是写守家、守国,很少有写守土的。我们生活在地球上,每天面对的都是土地,在没有遇到外敌入侵时,土地还需要守护吗?诗人伊蒙红木不是边防战士,只是个小女子,她想守护什么呢?我从《那些不屈的灵魂站满山冈》一诗中感受到了诗人的用意。这首诗分了五个段落,是诗集中比较长的诗,诗的第三段落这样写着:

子弹穿越了1934年的春天
青布包头可被打散
草屋可被烧焦
地可烂,身可杀
这副钢板身骨不可下跪
血染了芭蕉战壕
牛皮围封碉堡
阿佤的弩箭大刀不死地直指敌人

从这段诗句中我能感受到诗人保家卫国的豪情,也有着同仇敌忾的志向,她此刻如同拼死战在沙场之上冲锋陷阵的勇士。

诗人在诗中提到了1934年这个时间点,显然诗人对故乡的历史是了解的,不难推测,那年在诗人的故乡发生了战事,有许多人为了保卫家园付出了血的代价及生命。

诗人在用锐利的诗句颂扬那些为守卫故乡献出生命的英烈,也在为那些远去的灵魂立传。这一章节还收录了《南依河畔的勋章》及《火草》等诗,这些都是值得一读的诗。

诗集的第五章节:与亲情有关。

在这一章节中我个人比较喜欢《苦荞花》和《透过我的窗口》这两首诗,因为写亲情的诗太多了,可是能找到新鲜感与立意独特的却不多。在《苦荞花》一诗中诗人这样写到：

大片大片苦荞花盛开
新月刚刚发芽
母亲让女儿来到世上，在这个宁静的夜晚
以后很长时间，母亲依旧种植苦荞
磨苦荞面，做荞粑粑
度过饥荒，因为苦荞极易生长
撒一箩籽种，满山坡摇曳
长大后女儿常常出远门
母亲月光下为她祈祷
像播种苦荞一样虔诚
不论走向何处，素白的苦荞花和母亲慈爱的脸庞
是女儿放在背上的乡情

读罢，我能感受到诗人的故乡曾经生活比较艰苦，为了解决温饱，人们种植生长力强的苦荞，苦荞面一度是人们食用的主要食品，人们与苦荞结下了深情。诗人用苦荞释放出对母亲，对亲情的怀念与感知。

这是艺术与生活的结合，这也是诗歌这一文学艺术能千百年传承下来的所在之一。

诗集的第六章节是：与死亡有关。

诗人很年轻，生活得很好，很幸福，而年轻的生命却想到了死亡，初看让人不解，可细想起来又不难理解，人出生后必须要面对的就是死亡，生活不过是人们走在通往死亡路上的过程。

记得多年以前我刚从事文学写作时有一位在报社工作的朋友跟我说起小说的写作，他说小说最好是从后往前写，因为想到了结尾，那么开头就一定要与结尾相对称。虽然我不是很赞成他的这个观点，但不能否认这也是写作的一种方式。

生命也是这样。出生之后我们应该想一想在死之后能留下什么，如果这么想了，也就知道在出生到死亡的路上应该做些什么，应该留下什么。

这个章节中有一首《如果我死》的诗。这首诗用假设做题目，我从题目就能感

受到诗人想的是什么。诗人如果这么想，那么她一定会写出更多更好的诗。因为她热爱诗歌创作，为诗而生，为诗所想，还有着这么多创作灵感与智慧，能写不出好诗吗？

想来诗集《云月故乡》放在案头已经很久了，一本不算厚的诗集让我读了很长时间，我在慢慢品味其意。当我合上书，看着淡黄色、有着故旧感觉的封面时，如同面对不知价值的红木家具，让我想了很多。其实这本书是2016年才出版的，我认为封面的设计者是有意用故旧来衬托书的内涵与价值。

我从读诗集，联想到了诗人。诗人伊蒙红木原名张玉红。从诗人的笔名看就知道这是位少数民族诗人，她是来自云南的佤族诗人。她获过中国作家协会颁发的骏马奖。

这是我第一次读佤族诗人的诗集。

伊蒙红木生活在云南，云南离青岛是十分遥远的。我能在遥远的地方读到来自远方诗人写的诗集是件很幸福的事。我相信诗人伊蒙红木也有这种感觉。

我仿佛听到了那首《彩云之南》的歌：

彩云之南　我心的方向
孔雀飞去　回忆悠长
玉龙雪山　闪耀着银光
秀色丽江　人在路上
彩云之南　归去的地方
往事芬芳　随风飘扬
蝴蝶泉边　歌声在流淌
泸沽湖畔　心仍荡漾
记得那时那里的天多湛蓝
你的眼里闪着温柔的阳光
这世界变幻无常　如今你又在何方
原谅我无法陪你走那么长
别人的天堂不是我们的远方
不虚此行别遗憾
……

云南是个美丽的地方,出美女,也出诗人。祝诗人伊蒙红木写出更多更好的诗,在诗林中争艳,绽放得更加绚丽与夺目。

发表于2017年第2期《佤山文化》杂志(云南临沧市文联)
发表于2018年第2期《临沧文艺》杂志(云南临沧市文联)
发表于2018年第4期《北极光》杂志(黑龙江大兴安岭文联)

伊蒙红木:原名刘玉红,佤族,中国作家协会会员,鲁迅文学院第十二届高研班学员。被评为"云南省德艺双馨青年作家"。2016年《最后的秘境——佤族山寨的文化生存报告》获第十一届全国少数民族文学创作骏马奖(报告文学奖)。

后　记

心　　语

这是部诗作品评论欣赏集。书中收录了全国各地多位诗人的作品及我对作品的观点,我在想,我的观点大家能接受吗?

自古以来文人自信心就强,有着清高心态,作品写得不好,没文采,也认为好到了无可挑剔的程度。有成就的作家或诗人相对来讲心态要比没有成就的好些;越是没成绩的,越是清高、自傲。

我也自傲过。那是1990年的事了。当时我在单位办了一份《晨光》小报。因为年轻,又一时激动,高兴之时觉得比市报还好。这种想法是多么天真,多么可笑啊!

那时我太年轻。

我年轻过,自傲过,肤浅过,有着反思,在反思时走在文学创作的路上。

现在我面对这些没见过面,甚至电话也没打过几次的诗人们是比较谨慎的。这么多诗人的评论怎么写?切入点在哪?优点在哪?这是我需要考虑的问题。

我尽可能避免雷同,尽可能写出诗人在创作方面的优势和闪光点。这些诗人不是名人,不是著作等身的人,作品中缺点是存在的。缺点可私下沟通,让诗人感悟到为好,不用扩大缺点,而应该宣扬闪光点,从而增加他们写作的信心。

有几位诗人想在我的评论成稿后,传播前,刊发前看稿,被我断然拒绝了。我的底线是在发表前不给任何一位参评诗人看,既然是我写诗评,主观是我,而不是别人,便不能让别人左右我的思路。或许个别诗人有点情绪,感觉我给他评价的不够完美。我理解这种心情。我在编辑杂志时,曾对一位非常自信的诗作者说:"你不是李白,我把你当成李白,你认为好吗?"

诗作者默认了我的观点。

我说:"你不是杜甫,我把你当成杜甫,你认为好吗?"

诗作者接受了我的观点。

每个人都想完美,完美应该是自己本身,不能完全用化妆的方式弥补,化妆品涂多了人会失去本来的面目,衣服穿得不当只会适得其反,如果在夏天穿上貂皮大衣、羊绒衣,这就不伦不类了。

写作也是这样。在第8届冰心散文奖颁奖大会上,中国散文学会常务副会长、《中国文化报》副刊主编红孩先生说:"现在的文学作品不知是怎么了,读不出从前的滋味了,从前拿起杂志能看到深夜,虽然现在的作品也是发表在《十月》《人民文学》《小说选刊》等杂志上,但读起来不是那种味道了。"

我有着跟红孩先生相似的感觉,现在的文学作品读起来少了吸引我兴趣的内容。记得1986年我订阅了《鸭绿江》《中篇小说选刊》《小说月报》等杂志,看得爱不释手。现在这些杂志放在眼前都不想看,也看不下去。

虽然那些杂志上刊登的有"茅盾文学奖"作品,有"鲁迅文学奖"作品,但其中许多作品仍然会让人读不下去。那些获全国奖的作品读起来,不如周励的《曼哈顿的中国女人》,不如梁晓声的《龙年一九八八》,不如周克芹的《秋之惑》等作品,更找不到像曲波的《林海雪原》、刘知侠的《铁道游击队》等作品的阅读感觉了。

现今是作家的思维改变了读者,还是读者否认了作家的创作手法呢?所以我对获奖的作品不完全看好,获了奖的作品也吸引不了我的阅读兴致。

我认为好的作品不是玩弄玄虚,不是故作深沉,而应该是好读,易懂,能引起读者的阅读兴趣,能让人有读下去的感觉才行。所以,我在写诗评文章时分外注重阅读感觉。

写诗的评论不是写小说,也不是写散文,更不是写武侠,那么要想把诗评文章写出能让读者读下去的可能,而又符合诗作品的创作主题,这就难了些。

我知难而上。容易做的事谁都可以做;只有从事别人做不到的事才能有突破,才能有闪光点,才会有新意。

好在我发表、出版了几部长篇小说,多篇散文及中、短篇小说等作品,有这些经验做文学功底,储存了一点写作技巧,又有一定的生活经历,在创作这部《诗意随处闪耀》的书时,相对自如了些。

湖南岳阳蒋鑫爱女士在找我写诗评时,如同著名演员翁美玲演的香港电视

连续剧《射雕英雄传》里的黄蓉出场那么带有喜剧性。

我写了内蒙古赤峰作家杨庆发先生的诗评后,他兴奋地说:“吴老师,你写到我心里了,写得太好了。”

我写湖北恩施颜英女士时,“她说:吴老师,写评论很辛苦……”

我写了重庆杨正强先生的诗评后,他高兴地说:“吴老师,我爱人看了你写的诗评后直说好,转给朋友看后,朋友也说好。”

我说:“你夸奖我了。”

杨正强先生说:“你比大学教授写得好。”

我说:“我跟大学教授不能比,人家是教授。”

杨正强先生说:“大学教授只讲理论,而你贴近实际。咱们没见过面,你把我心里的想法全写出来了……真神了。”

我写湖南岳阳市姜灿辉先生的诗评后,他说:“济南(微信名)老师,你写的确实好,真没想出来你用这种手法写。”

姜灿辉先生一直称呼我的微信名。他是热心人,在我写诗评时推荐了几位作者,并且一直关注我的诗评。我的诗评在《崂山文学》网刊上发表后,每一篇他都点赞,给我加油。他说他主持过好几年网刊论坛,还没有谁写的评论这么接地气,思想面这么开阔,这么走心、入情呢。

入情这绝对是事实,走心也是真的。

因为我写每篇诗评都把原作品看了好多遍,在用心写,投入了全部精力。我认为这是对作品负责,也是在考验自己的写作能力。

诗中我引用了许多歌曲。

诗与歌曲原本就是一家,要不能叫诗歌嘛!

了解我的人知道我年少时是喜欢唱歌的。

那时我生活在黑龙江北大荒生产建设兵团,那是祖国的边疆,地广人稀。当时我有两个梦想,一个是当作家,另一个是当歌星,尽管那时这两个心愿都是那么遥远,看似缥缈,不切实际,好高骛远,如同白日做梦,还遭到了周围人的不解及嘲笑,可这是我的理想,这是奋斗目标,这是人生夜行路上的两颗启明星,在引导我前行。我在黑夜里朝光明走去,一年,两年,三年……转眼几十年过去了,我在岁月的行程中走了一程又一程,经过辛苦的努力,终于实现了两个心愿中的一个。

虽然我没能成为歌星,可我却成为了作家,实现了当作家的梦想。

年少已经过去,心不再轻狂,回首往事,黑暗与光明,有笑,有哭,有甜,有苦,如同一首人生的歌曲。

我是作者,也是演唱者。

人生如文学。

文学如歌。

我少年时的歌星梦与作家梦在这部书中同时体现了。

年少的梦想用在了这部书的创作中是我的幸运与福气。

对于作家也好,对于诗人也罢,不管经历过的生活是开心,还是不开心,都是创作中的财富,应该好好珍惜,把握好这种财富。

被我评点的诗人和作者中,或许会有个别人对我的评价略有不满,认为我没把他写成李白、杜甫、白居易……多少有点情绪,我理解这种心情,因为人嘛,都想完美,可哪有完美的人呢?

我不是圣人,只是凡人。我写的肯定有不足之处,可哪位作家没有不足之处呢?也许,那些自许清高的人没有不足,是完美的;可我是凡人,如果不如意,请谅解我这位凡人吧。

我在诗评中有明确划分界线:出过书或是省级会员以上的,我称为诗人;没出过书,没加入省会员的称为作者。当然,我一般是称女士或先生的,这样的称谓比较温情。

我用心良苦,天地是否理解?

从 2018 年 4 月到 12 月,我基本都在为这部诗评作品欣赏集的写作而忙碌。

我没发征稿信息,只跟诗人们说了准备出这样的书,诗人们看了我写的诗评后,动了情,主动参与其中。这是对我的信任。

我在写成稿后,会把作品及时发给全国各地杂志社的朋友,尽最大可能在出书前先在杂志上发表。我完全没必要这么做,但我为了给诗人们提供更多的宣传、推广机会,这么做了。

谢谢全国各地杂志社的同行与友人的支持。

谢谢收录本书的诗人朋友,因为有了你们的支持,才使这部书顺利完成。

在找人写推荐语时,我选择了较为年轻的作家友人,这部书是文学课堂,我想跟朋友们一起学习,一起成长,在文学路上携手前行,共赏文学路上的美景。

也祝愿书中收录的每一位诗人,在未来的文学路上顺风顺水,争奇斗艳,绽放光彩。

祝大家安好。

吴新财

2018 年 11 月 12 日　青岛